国家古籍整理出版专项经费资助项目

刘禹锡集

章培恒　安平秋　马樟根　主编

梁守中　导读

倪其心　审阅

中华文史名著精选精译精注·全民阅读版

凤凰出版社

图书在版编目（CIP）数据

刘禹锡集 / 梁守中导读. -- 南京 : 凤凰出版社, 2020.8
（中华文史名著精选精译精注 : 全民阅读版 / 章培恒, 安平秋, 马樟根主编）
ISBN 978-7-5506-3136-6

Ⅰ. ①刘… Ⅱ. ①梁… Ⅲ. ①唐诗－诗集②古典散文－散文集－中国－唐代 Ⅳ. ①I214.232

中国版本图书馆CIP数据核字(2020)第061605号

书名	刘禹锡集
导读	梁守中
责任编辑	王淳航
书籍设计	徐慧
出版发行	凤凰出版社(原江苏古籍出版社) 发行部电话025-83223462
出版社地址	南京市中央路165号,邮编:210009
出版社网址	http://www.fhcbs.com
照排	凤凰零距离数字印前中心
印刷	苏州市越洋印刷有限公司 苏州市吴中区南官渡路20号　邮编:215104
开本	880毫米×1230毫米　1/32
印张	8.125
字数	167千字
版次	2020年8月第1版　2020年8月第1次印刷
标准书号	ISBN 978-7-5506-3136-6
定价	42.00元

(本书凡印装错误可向承印厂调换,电话:0512-68180638)

目录

导读

刘禹锡，字梦得，郡望中山（今属河北），籍贯洛阳，唐代宗大历七年（772）出生于苏州嘉兴县，卒于唐武宗会昌二年（842）。他是中唐时期杰出的诗人、进步的思想家和哲学家。晚年曾任太子宾客，后世称刘宾客。

一

唐朝自“安史之乱”以后，开始由兴盛走向衰落。唐德宗时，直臣被贬，藩镇势大，宦官专权。德宗本人贪婪聚敛，到处搜刮，要各地节度使额外进奉财物，又大兴“宫市”，民不聊生。德宗末年，朝野出现革新政治的要求和思潮。于是，统治阶级内部的一些有识之士，趁着德宗驾崩、顺宗即位的机会，于贞元二十一年（805）进行了一场政治革新。参加革新的首领人物是王伾和王叔文。王叔文曾是顺宗当太子时的侍读，他经常向太子谈民间疾苦，希望太子以后能改革弊政。在二王执政期间，王叔文经常“引禹锡及柳宗元入禁中，与之图议，言无不从”[①]，足见刘、柳在这场革新中的重要地位。可惜随着顺宗病重，宦官与藩镇内外勾结，胁逼顺宗内禅，传位给太子李纯（宪宗），这场革新也就结束了。顺宗内禅为太上皇时，于八月改贞元二十一年为永贞元年，故史称此次革新为“永贞革新”。“永贞革新”失败后，王叔文被赐死，王伾遭贬后病死，刘禹锡、柳宗元、韩泰、韩晔、韦执谊、陈谏、凌准、程异等八人一起被贬为远州司马，史称“二王八司马”事件。唐顺宗不久也死去。

刘禹锡先是被贬为连州（今广东连州）刺史，途次荆南（今湖北江陵）时，又改授朗州（今湖南常德）司马。第二年（806）正月，唐宪宗改元元和，大赦天下。但诏书中明令：刘、柳等八人“纵逢恩赦，不在量移之限”。这使刘禹锡十分失望，然而却没有消磨他的斗志。九年的时间过去了，他奉召返回长安。但朝中的执政者并不喜欢王叔文集团的旧人回京，于是刘、柳等人又陆续被贬为远郡刺史；刘禹锡更因写了《戏赠看花诸君子》一诗，“语涉讥刺，执政不悦”[②]，被贬到最为偏远的播州（今贵州遵义）去，后得御史中丞裴度说情，才改贬连州。以后又陆续转夔州（今重庆奉节）、和州（今安徽和县）刺史。直到唐敬宗宝历二年，才奉召返东都洛阳，任主客郎中。“巴山楚水凄凉地，二十三年弃置身”，便是他前后两次被贬生活的概括。两年后，他得宰相裴度之荐，再次被召回长安，本拟出任知制诰，又因写了《再游玄都观绝句》，在诗序中重提当年写《戏赠看花诸君子》

---

①《旧唐书・刘禹锡传》。

②《旧唐书・刘禹锡传》。

的旧事，语含讥讽，“执政闻《诗序》，滋不悦”[①]，结果又只能出任礼部郎中、集贤殿学士之职。又四年，裴度罢相，刘随即出任苏州刺史，颇有政绩。以后转汝州（今河南汝州）、同州（今陕西大荔）刺史。后因足疾，返东都洛阳，改授太子宾客，又改秘书监，不久，又加检校礼部尚书的官衔，直至生命结束。

刘禹锡在去世的那一年，于病中撰写了《子刘子自传》。在自传中，他无所畏惧地对王叔文领导的“永贞革新”加以肯定，并对唐顺宗之死，提出了疑惑。他认为王叔文“工言治道，能以口辩移人。既得用，自春至秋，其所施为，人不以为当非”。在长达二十三年的被贬之后，他并没有改变原来对政治革新的看法。在自传中，他还以“借汉说唐”的手法，揭露了顺宗内禅的内幕。他写道：“是时太上（指顺宗）久疾寝，宰臣及用事者都不得召对。宫掖事秘，而建桓立顺，功归贵臣。”桓、顺是指汉桓帝和汉顺帝，他们都是被宦官拥立的；贵臣正是指宦官。这就很清楚地说明，唐顺宗是在宦官的挟持下被迫让位的，而唐宪宗的继位也正是宦官所拥立的。对于以上这两个重大问题，刘禹锡从“永贞革新”失败后到他生命结束前，一直隐忍了三十七年，终于在临死之前，勇敢地明确表示了自己的看法。他在自传末尾的铭中说：“天与所长，不使施兮。人或加讪，心无疵兮。”回顾一生，他对自己早年参加“永贞革新”是并不后悔的，虽然这个革新抱负未能实现，但自己的立身行事却是可以问心无愧的了。

---

① 《旧唐书·刘禹锡传》。

二

刘禹锡诗歌，各体俱备，均有佳作。他的优秀作品，多是写于被贬的二十多年间。初贬朗州时，他写了许多讽喻诗，借以寄托身世，讽刺时事。在连、夔、和三州，他努力向民歌学习，吸取丰富的营养，写成《竹枝词》、《堤上行》等一系列优秀诗篇；同时，他还写了不少质量很高的怀古诗。结束被贬生活后，他重回京城长安和东都洛阳，政治和生活的境遇好了，好诗也就不多了。讽喻诗、竹枝词、怀古诗，是刘禹锡诗集中最有成就的作品，在中国诗歌发展史上占有一定的地位。尤其是竹枝词和怀古诗更为突出，人们一提到刘禹锡的诗，很自然就想起“杨柳青青江水平”和“朱雀桥边野草花”了。明人瞿佑在《归田诗话》中说：“予为童子时，在荐桥旧居，春日新燕飞绕檐间，先姑诵刘梦得‘旧时王谢堂前燕，飞入寻常百姓家’之句，至今每见飞燕，辄思之。”可见其诗的成就和深远影响。

刘禹锡在谪居朗州时所写的讽喻诗中，尽情倾吐了胸中的郁闷，“托讽禽鸟，寄辞草树，郁然与骚人同风”（《读张曲江集作》）。这些诗战斗性强，是刘诗中的重要组成部分。在《昏镜词》中，他讽刺那些宝昏镜而弃明镜的陋容者，揭露了他们自欺欺人的丑恶面目：

昏镜非美金，漠然丧其晶。
陋容多自欺，谓若他镜明。
瑕疵既不见，妍态随意生。

一日四五照，自言美倾城。

在《昏镜词》的姐妹篇《磨镜篇》中，则显示了作者虽遭贬谪却仍然充满信心。他坚信有朝一日，那被流尘掩蔽的明镜会重放光辉，使鬼魅现出原形：

萍开绿池满，晕尽金波溢。
白日照空心，圆光走幽室。
山神妖气沮，野魅真形出。

刘禹锡的讽喻诗，始终把讽刺的矛头指向形形色色的丑恶东西。在他的笔下，那“喧腾鼓舞喜昏黑”、“利嘴迎人看不得”的蚊子，那“笙簧百啭音韵多”、“舌端万变乘春晖”的百舌鸟，那“瞥下云中争腐鼠”、“鹰隼仪型蝼蚁心”的飞鸢，分别讽刺那些见不得阳光的吸血家伙、随风转舵的投机者和卑鄙龌龊的小人。对于这种种丑类，他的憎恶是十分鲜明的。

刘禹锡在朗州还写了不少直抒胸臆的诗篇和一些有浓厚民俗特色的作品。如《学阮公体》“少年负志气，信道不从时”，“不学腰如磬，徒使甑生尘”；《咏史》“世道剧颓波，我心如砥柱”等诗句，都明确地表现了他不肯随波逐流，显示了他的正直与不屈。而如《竞渡曲》则出色地描写了龙舟竞渡的激烈场面：

扬枹击节雷阗阗，乱流齐进声轰然。

蛟龙得雨鬐鬣动，螮蝀饮河形影联。

刺史临流搴翠帏，揭竿命爵分雄雌。

先鸣馀勇争鼓舞，未至衔枚颜色沮。

这些描写使我们至今读之，还能产生强烈的共鸣。

在转到连州之后，诗人所写的《插田歌》和《连州腊日观莫徭猎西山》，风格和形式都与《竞渡曲》相类似，反映了下层劳动人民的生活，具有浓郁的生活气息和地方特色；不同的是前者使用七古形式，后者使用五古形式。

刘禹锡一向反对藩镇割据，主张国家统一。当他在连州得知朝廷削平了吴元济和李师道的叛乱时，高兴地写下了《平蔡州》、《平齐行》、《城西行》等诗。诗人特别满意《平蔡州》，自觉此诗可与韩愈的《平淮西碑》和柳宗元的《平淮夷雅》相媲美①。对于刘禹锡的这个自我评价，清人翁方纲是深以为然的，他称誉说："此诗诚集中高作也。……叙淮西事当以梦得此诗为第一。"②

在夔州期间，刘禹锡前后写了十一首《竹枝词》，还写了《踏歌词》、《堤上行》、《浪淘沙词》等等。这类民歌体诗作，或抒写真挚爱情，或描绘山川风物，或感叹世途险恶，词句浅白而不俚俗，写得多彩多姿，散发出清新的生活气息。如描写爱情生活的：

---

① 见王谠《唐语林》卷二。

② 翁方纲《石洲诗话》卷二。

杨柳青青江水平，闻郎江上唱歌声。
东边日出西边雨，道是无晴却有晴。

（《竹枝词》）

春江月出大堤平，堤上女郎连袂行。
唱尽新词欢不见，红霞映树鹧鸪鸣。

（《踏歌词》）

前一首写迷离的爱意，后一首写怅惘的情思，均情致绵绵。又如描摹山川风物的：

山上层层桃李花，云间烟火是人家。
银钏金钗来负水，长刀短笠去烧畲。

（《竹枝词》）

酒旗相望大堤头，堤下连樯堤上楼。
日暮行人争渡急，桨声幽轧满中流。

（《堤上行》）

前一首写西南山区人民的生活习俗，后一首写江边日暮争渡的景象，都很有地方色彩。再如感叹世途艰难的：

瞿唐嘈嘈十二滩，此中道路古来难。
长恨人心不如水，等闲平地起波澜。

（《竹枝词》）

莫道谗言如浪深，莫言迁客似沙沉。

千淘万漉虽辛苦，吹尽狂沙始到金。

（《浪淘沙词》）

作者写这两首诗时，正是被贬期间，其中是有很深的个人感慨的。

刘禹锡的《竹枝词》等民歌体作品，是他作品中成就突出的一部分，刚健清新，浅白流畅，多被群众所传唱。《新唐书》本传载：刘禹锡谪居朗州时，“作《竹枝词》十余篇，于是武陵夷俚悉歌之”。《旧唐书》本传也说：“武陵溪洞间夷歌，率多禹锡之词。”足见他的《竹枝词》深受人民群众的欢迎。其后，他还写了《淮阴行》、《杨柳枝词》等乐府体诗，也都很有艺术价值，深得后世的好评。总之，这类乐府体诗，都是他外放做州郡刺史、司马时，广泛接触人民群众，大量吸取民歌营养后的创新之作。倘若他长在京城做官，就不可能取得这样丰硕的成果。可以说，他在诗歌上的创新精神，实质是他的革新思想在政治斗争失败后的一种延续。

在外放期间，刘禹锡还写了不少借古讽今的怀古诗。这是刘诗中的又一重要组成部分。著名的有《西塞山怀古》、《金陵怀古》、《蜀先主庙》、《观八阵图》和《姑苏台》等。《金陵五题》是一组以联章形式出现的怀古诗，当时就受到同时代的大诗人白居易的叹赏，认为“后之诗人不复措词矣”。其中最出色的是《石头城》和《乌衣巷》：

山围故国周遭在，潮打空城寂寞回。

淮水东边旧时月，夜深还过女墙来。

（《石头城》）

朱雀桥边野草花，乌衣巷口夕阳斜。

旧时王谢堂前燕，飞入寻常百姓家。

（《乌衣巷》）

这两首诗的思想性和艺术性都很高，很多唐诗选本都选了，可以说是家喻户晓。被誉为“骊龙之珠”的《西塞山怀古》，是怀古诗中的一篇力作。它表达了诗人反对藩镇割据，渴望四海一家的强烈愿望：

王濬楼船下益州，金陵王气黯然收。

千寻铁锁沉江底，一片降幡出石头。

人世几回伤往事，山形依旧枕寒流。

今逢四海为家日，故垒萧萧芦荻秋。

在《蜀先主庙》和《观八阵图》中，诗人赞美了刘备的“英雄气”和诸葛亮的“神机”，斥责了后主刘禅的“不象贤”。在《金陵怀古》里，他触景生情，向统治者指出了逸豫亡身的道理：

潮满冶城渚，日斜征虏亭。

蔡洲新草绿，幕府旧烟青。

兴废由人事，山川空地形。

后庭花一曲，幽怨不堪听。

这些怀古诗，大谈前朝盛衰兴亡的教训，并特别点了陈叔宝、刘禅、孙皓这几个出名的昏君，目的都是为了向封建统治者提出忠告：唐王朝已经江河日下了，如不吸取教训，也是会走上覆亡的道路的。他在《金陵怀古》中指出的“兴废由人事，山川空地形”的历史教训，是对唐王朝痛下针砭的。他深刻地指出：政事决定国家的兴亡，而山川形势是不足恃的。假若唐王朝还是迷信于表面的强大而不修政事的话，覆亡也就不远了！

关心国家命运，坚持革新思想，保持乐观信心，是刘禹锡一生事业遭际的主要特点，也是他诗歌创作的基本格调。在他生活的各时期和不同方面，都有一些即兴的名篇，无不体现这样的特点和格调。例如谪居朗州时写的《秋词》，他一反历代文人悲秋的调子，昂扬向上，直抒胸臆：

> 自古逢秋悲寂寥，我言秋日胜春朝。
> 晴空一鹤排云上，便引诗情到碧霄。

在结束朗州生活重返长安时，他有感于朝中新贵尽是在他被贬后而提拔起来的，慨然写下《戏赠看花诸君子》一诗：

> 紫陌红尘拂面来，无人不道看花回。
> 玄都观里桃千树，尽是刘郎去后栽。

结果这首诗使他受到很大的惩罚，执政者要把他贬到最为偏远的播州去。然而当他再次回到京城时，他又旧事重提，写下了前诗的续篇《再游玄都观绝句》，显示了他的决不屈服的精神：

百亩庭中半是苔，桃花净尽菜花开。
种桃道士归何处，前度刘郎今又来。

这首诗锋芒毕露，难怪几百年后的瞿佑也惊叹地说："讥刺并及君上矣！"①

刘禹锡晚年有三首关于歌者的诗，写得很出色，极尽今昔盛衰之叹。其中《听旧宫中乐人穆氏唱歌》一诗，充分流露出他对"永贞革新"旧友的怀念：

曾随织女渡天河，记得云间第一歌。
休唱贞元供奉曲，当时朝士已无多。

他如《望洞庭》中的"遥望洞庭山水翠，白银盘里一青螺"，《和乐天春词依〈忆江南〉曲拍为句》中的"行到中庭数花朵，蜻蜓飞上玉搔头"，《和令狐相公别牡丹》中的"莫道两京非远别，春明门外即天涯"，都是传诵一时的名句。

刘禹锡对共同参加过"永贞革新"的旧友怀有深厚的情谊。他对吕温的早逝极表伤悼，写下了《哭吕衡州，时予方谪居》一诗。他

---

① 瞿佑《归田诗话》卷上。

和柳宗元反复唱和、通信，在得知柳宗元去世的噩耗时，精神上受到极大的打击，竟至“惊号大叫，如得狂病”[①]。他沉痛地写下了《重至衡阳伤柳仪曹》一诗，三年后，又写下《伤愚溪三首》，低徊反复，哀思不尽。在他结束长期被贬生活回到洛阳时，见到了旧友韩泰，写下了《洛中逢韩七中丞之吴兴口号五首》，其中“海北天南零落尽，两人相见洛阳城”，“离别苦多相见少，一生心事在书题”，“本欲醉中轻远别，不知翻引酒悲来”等句，包含了无限的感慨。

本来，叹老伤逝之作是很容易写得情调低沉的，但刘禹锡却能“老而不衰”，充满“英迈之气”[②]，唱出“莫道桑榆晚，为霞尚满天”这样雄健之声，写出“芳林新叶催陈叶，流水前波让后波”这样富有哲理的句子。这和他在《秋词》中的奋发向上的精神是一致的。这种精神，即使到了暮年也没有消失，我们从《始闻秋风》中的“马思边草拳毛动，雕盼青云睡眼开”，便可以清楚地看到这一点了。

当然，刘禹锡也写过低沉伤感之作。同是谪居期间，同是写秋天，《谪居悼往》和《秋风引》的情调就比较悲凉惆怅。晚年退居洛阳后的诗酒唱和，大多是内容苍白的。至于那些哀挽帝王、怀念歌妓、酬僧谈禅的作品，就更为消极。

三

像一切有成就的大诗人一样，刘禹锡在当时和后世都得到了很

---

① 刘禹锡《祭柳员外文》。
② 瞿佑《归田诗话》卷上。

高的评价，产生过巨大的影响。同时代的大诗人白居易就称赞他是“诗豪”，认为“其锋森然，少敢当者”；并说他“‘沉舟侧畔千帆过，病树前头万木春’之句之类，真谓神妙”[①]。宋代苏轼、王安石、黄庭坚等大家，都对刘禹锡的诗歌深表佩服。陈师道在《后山诗话》中说苏轼“始学刘禹锡，故多怨刺”。黄庭坚说：“刘梦得《竹枝》九章，词意高妙……昔子瞻尝闻余咏第一篇，叹曰：此奔轶绝尘，不可追也！”[②]胡仔《苕溪渔隐丛话》所引的《雪浪斋日记》说，王安石很欣赏刘禹锡“枫林社日鼓，茅屋午时鸡”二句，并亲笔写了挂在府第中。吴景旭《历代诗话》所引的《复斋漫录》更指出，王安石本人的“静憩鸡鸣午，荒寻犬吠昏”就是脱胎于上述刘句。黄庭坚极赞刘禹锡的《竹枝词》和《淮阴行》，认为刘在“元和间诚可以独步”，“白乐天、元微之为之，皆不入此律也”[③]。翁方纲也看到刘禹锡在竹枝词方面的成就，认为“刘宾客之能事全在竹枝词”[④]。

清人王士祯认为“竹枝泛咏风土”，“与绝句迥别”[⑤]。其实，竹枝词也是绝句的形式，只是直接取自新鲜活泼的民歌，保持民歌体制本色，比较通俗易懂，善咏风土人情，有浓厚的地方色彩。自刘禹锡创制竹枝词后，后人便把这类歌咏地方风俗和男女之情的七绝诗，称之为“竹枝词”，而实则为一种提高了的民歌体。此后，差不多各

---

① 白居易《刘白唱和集解》。

② 魏庆之《诗人玉屑》卷十五引。

③ 魏庆之《诗人玉屑》卷十五引。

④ 翁方纲《石洲诗话》卷二。

⑤ 王士祯《带经堂诗话》卷二九。

代各地都有“竹枝词”产生，如北宋苏轼的《竹枝词》，元代杨维桢的《西湖竹枝》，明末清初屈大均的《广州竹枝词》，清代郑板桥的《潍县竹枝词》和近代梁启超的《台湾竹枝词》，都不同程度地为发展竹枝词这一诗歌形式做过努力，取得一定的成绩。

刘禹锡在绝句方面的成就是突出的。清人对他的七绝极为推许。管世铭说：“刘宾客无体不备，蔚为大家，绝句中之山海也。”[①]李重华认为唐人七绝自“李白、王昌龄后，当以刘梦得为最”[②]。王夫之更把刘的七绝誉为“小诗之圣证”，认为“梦得而后，唯天分高朗者能步其芳尘”，并指出明代徐文长、袁中郎等人是“以梦得为活谱”的[③]。沈德潜认为七绝诗自盛唐之后，刘禹锡等人“托兴幽微，克称嗣响”[④]，并特别指出“山围故国”一诗“气象稍殊，亦堪接武”前贤[⑤]。

对于刘禹锡诗的成就，明人杨慎评价最高，他说：“元和以后，诗人之全集可观者数家，当以刘禹锡为第一。其诗入选及人所脍炙，不下百首矣！”[⑥]大致自宋以后，对刘诗评价便日益见高。宋人胡仔认为“刘梦得诗典则既高，滋味亦厚”，“正若巧匠矜能，不见少拙”[⑦]。南宋刘克庄亦盛赞梦得诗“雄浑老苍，沉着痛快，小家数不能及也。绝句尤工”。又说“其诗尤多感慨”，“精华老而不竭”[⑧]。至清代，沈

---

① 管世铭《读雪山房唐诗》卷二九之《七绝凡例》。
② 李重华《贞一斋诗说》。
③ 王夫之《姜斋诗话》卷二。
④ 沈德潜《唐诗别裁集·凡例》。
⑤ 沈德潜《说诗晬语》卷上。
⑥ 杨慎《升庵诗话》卷十二。
⑦ 胡仔《苕溪渔隐丛话》后集卷三三。
⑧ 刘克庄《后村诗话》前集卷一。

德潜把刘禹锡与白居易、柳宗元二人并列，并认为刘禹锡高于刘长卿。他说："刘梦得骨干气魄似又高于随州，人与乐天并称。……萧山毛大可尊白诎刘，每难测其诣趣。柳子厚哀怨有节律，中骚体，与梦得故是敌手。"[①]清人赵骏烈亦指出刘诗不弱于白诗，并指出苏轼的讽刺诗与刘禹锡很有渊源关系，他说："元和长庆诸公，与香山唱和齐名者，刘宾客为称首。眉山（指苏轼）起北宋，为大家，其少亦尝规模宾客。已取其集而读之，风神骨格，虽不能窥见其万一，大约刘之比白，边幅较狭，而精诣未之或逊。苏之无所不有，其比物托兴处，法乳亦有自来矣。"[②]元人方回更认为"刘梦得诗格高在元、白之上，长庆以后诗人皆不能及。且是句句分晓，不吃气力，别无暗昧关锁"[③]。又说："每读刘宾客诗，似乎百十选一，以传诸世者，言言精确。"[④]清人纪昀也认为方回"论梦得是"[⑤]，并对刘禹锡怀古一类诗歌大加赞赏。

从以上所引的各家评论中，可见刘禹锡在我国诗坛上是占有显著地位的，给后世的影响也很大。读者从本书所选的大多数诗歌中可以得到印证。

---

① 沈德潜《说诗晬语》卷上。

② 赵骏烈序《刘宾客集九卷》（雍正刊本）。

③ 方回《瀛奎律髓》卷四七。

④ 方回《瀛奎律髓》卷三。

⑤ 方回《瀛奎律髓》卷四七之纪批。

四

刘禹锡还是一个出色的散文家。他擅长写论述性散文，并且颇为自信。他在《祭韩吏部文》中说："子长在笔，予长在论。持矛举楯，卒不能困。"认为自己的文章并不低于韩愈，而是可以与之相匹敌的。《天论》三篇，是刘禹锡在韩愈与柳宗元关于天人问题的哲学论战中，对柳宗元的策应和支持。他在《天论》上篇中说："余之友河东解人柳子厚作《天说》以折韩退之之言，文信美矣，盖有激而云，非所以尽天人之际。故余作《天论》以极其辩云。"这就表明，他写《天论》是为了补充和发展柳宗元《天说》中的唯物主义哲学思想，以便把这场天人关系问题的哲学辩论引向深入。因而它也成为古代哲学史上的重要论著。

在《天论》中，刘禹锡论证了天的物质性，天与人的关系，以及产生天命论的根源等问题。他认为，天与人的关系，是一种"交相胜"、"还相用"的关系。天地万物之间，既有其矛盾斗争的一面，也有其互相依存的一面。人类只要掌握了"数"（约指事物变化的规律），就能因势利导，达到"胜天"的目的。刘禹锡这些观点，发展了荀子、王充的唯物主义哲学思想，具有朴素的辩证法思想。这三篇虽是哲学论文，却写得很有文采，语言流畅，辞藻优美，比喻生动，说服力强，堪称上乘之作。

《华佗论》是刘禹锡的又一篇重要论文。此文指出曹操杀华佗的错误，慨叹地说："嗟乎！以操之明略见几，然犹轻杀材能如是。文若（即荀彧）之智力地望，以的然之理攻之，然犹不能返其恚。执柄者之恚，真可畏诸，亦可慎诸！"文章借古讽今，谴责"执柄者"轻杀材能。末尾更明确期待这些掌权者能够有所觉悟，不要重犯曹操滥杀无辜的错误："吾观自曹魏以来，执死生之柄者，用一恚而杀材能众矣。又乌用书佗之事为？呜呼！前事之不忘，期有劝且惩也。"文章写于王叔文被赐死之后，故通篇极其悲愤；文中的"材能"，所指甚明。此文义正辞严，理直气壮，千载之后，犹觉其笔锋森然，凛不可犯。

刘禹锡还写有《因论》七篇（《鉴药》、《讯甿》、《叹牛》、《儆舟》、《原力》、《说骥》、《述病》），这是一组寓意深刻的杂文。这七篇杂文，叙事与议论相结合，一事一议，有感而发。它通过客观事物中广泛存在着的祸福、安危、大小、利钝、声实、弃取等互相对立的矛盾因素，在一定条件下可以互相转化的情况，表现了作者朴素的辩证法思想。在《鉴药》中，刘禹锡以治病用药必须剂量适中为喻，说明处理事情必须掌握分寸，如果超过了适当的分寸，事情就会发生变化，好事就会变成坏事。在《儆舟》中，刘禹锡又以航船不覆毁于危险处而沉没于安稳处为例，说明提高警惕，可使危险转化为平安；麻痹大意，可使平安转化为危险。危险和祸害，往往"不生于所畏而生于所易"。另如《讯甿》中所谈到的声誉与实绩的关系，《叹牛》中所抒发的"鸟尽弓藏"、"兔死狗烹"的感慨，都是很有深意的。《因论》七篇，语言生动，主题集中，因小见大，含意深刻，与柳宗元的《三戒》和韩愈的《杂说》，有异曲同工之妙。

除了论述性的散文外，他的《陋室铭》简练隽逸，情韵俱高，千古传诵。写于朗州的《砥石赋》，表达了他虽受贬谪，却仍砥砺志节，保持雄心，希望有朝一日，自己能像暂被锈蚀的宝刀一样，得以重露锋芒，继续为国家效力。直到晚年，他依旧精华不衰。他在《秋声赋》中感慨地说道："嗟乎！骥伏枥而已老，鹰在鞲而有情。聆朔风而心动，眄天籁而神惊。力将瘆兮足受绁，犹奋迅于秋声。"真是"烈士暮年，壮心不已"，足见一个政治革新者的襟怀，是大异于一般流俗之辈的。

与刘禹锡同时代的李翱，对刘的散文成就极表称赏，他说："翱昔日与韩吏部退之为文章盟主，同时伦辈，惟柳仪曹宗元、刘宾客梦得耳。"[①]这段话说明，刘禹锡在唐代古文运动中，是占有重要的地位的。柳宗元也曾称誉刘禹锡"文隽而膏，味无穷而炙愈出"[②]，对他的散文同样给予很高的评价。

刘禹锡与柳宗元一样，都是诗文俱佳的；不同的是，柳宗元文名大于诗名，而刘禹锡则诗名大于文名。故本书选译刘禹锡的诗文时，以诗为主，以文为次。诗的排列次序，以近体在前，古体在后；文的顺序则是论文在前，铭赋在后。译诗时，以达意为主，力求能译出原诗的意思；同时尽量押大致相近的韵，以求音节谐婉。译注期间，曾参考近人、今人的一些著述，除必要的引用注明作者外，其他恕不一一点明出处。

选译者学识浅陋，疏误之处定然不少，恳请广大读者教正。

梁守中（中山大学中国古文献研究所）

---

① 刘禹锡《唐故中书侍郎平章事韦公集纪》引。

② 刘禹锡《犹子蔚适越戒》引。

诗

柳花词（三首选二）

柳花，鹅黄色。成子后，上有白色绒毛，随风飘落为柳絮，也称柳绵。古人诗篇中，往往絮、花不别。此二诗均以古绝体写成，第一首写柳花独占晚春，开在群芳凋落之时；第二首写柳絮飘飞时的情景，于无意有情之间，别有体会。

开从绿条上，散逐香风远。
故取花落时，悠扬占春晚[①]。

---

① 悠扬：飞扬，飘忽起伏。

翻译

柳花从绿色的枝条上开放，
随风飘散，把芳香传向远方。
好像故意选在落花时节飘飞，
悠悠扬扬，独占晚春的风光。

晴天黯黯雪[1]，来送青春暮[2]。

无意似多情， 千家万家去。

① 黯黯雪：指柳絮飞扬如雪，但又不及雪花明亮。晋谢安侄女谢道韫曾以“柳絮因风起”比喻白雪纷飞。此句反用其意。 ② 青春暮：暮春，春将尽。

翻译

晴天里飘起迷迷蒙蒙的雪花，

这是柳絮来送别春暮。

它们似是无意，又像是多情，

向着千家万户飘去。

咏史（二首选一）

此诗当写于“永贞革新”失败之后。这里选的是第二首。汉文帝是汉代明君，但他却弃贾谊而用卫绾。这是后世士大夫熟知的史实。历代诗人常对贾谊的遭遇表示同情和不平，刘长卿在《长沙过贾谊宅》中说，“汉文有道恩犹薄”，表示无限伤怜之意。刘禹锡此诗则以鲜明的是非，准确的语言，提出责问，将同情和不平引向历史原因的思索，以启发革新的自觉。所以读来仿佛明知故问，却发人深省。

贾生明王道[①]，卫绾工车戏[②]。

同遇汉文时[③]，何人居贵位？

---

① 贾生：贾谊，西汉初期政治家、文学家，曾受汉文帝赏识，后因权臣的诽谤和排斥，被贬为长沙王太傅，郁郁而终。王道：这里指治国之道。 ② 卫绾（wǎn）：汉文帝至武帝时人。因擅长玩耍车技而受汉文帝重用，为中郎将。 ③ 汉文：汉文帝刘恒，历来以为有德的明君。

翻译

贾生深明治国之道，

卫绾擅长玩耍车戏。

他们同时遇上汉文帝的好时期，

试问谁人能够身居高位？

秋风引

此诗应是写于被贬期间。诗中抒发孤客对时序、物候之变有特殊的敏感。明人唐汝询说："孤客之心，未摇落而先秋，所以闻之最早。"(《唐诗解》)清人沈德潜对"最先闻"三字十分激赏，说"若用'不堪闻'便浅"(《唐诗别裁》)。

何处秋风至，萧萧送雁群[①]。
朝来入庭树，孤客最先闻[②]。

① 萧萧：风声。 ② 孤客：孤身作客他乡的人。这里是诗人自指。

翻译

秋风从哪里吹来？
萧萧地送来一群群大雁。
清早秋风来到庭中的树木上，
愁苦的孤客最先听见！

视刀环歌

刀环是刀头之环，“环”、“还”同音，作者注视刀环，有渴望返回京城之意。刀环拴在刀背上，平时是刀的装饰，挥舞起来助长刀的声势，虽然是附属于刀的一个小环，却也有用与不用的不同处境遭际。作者被贬后的心情，常觉语言难以表达，便借“视刀环”以寄意。“脉脉万重心”透露出诗人自身遭际的寄托感慨。沈德潜认为此诗“着意‘视’”字（《唐诗别裁》），其论中肯。

常恨言语浅[1]，不如人意深。

今朝两相视，脉脉万重心[2]。

① 恨：遗憾。 ② 脉脉：含情不语的样子。万重：无尽之意。

翻译

我常遗憾语言表达总是浮浅，
比不上人的思想意识深刻细微。
今天早晨我与这刀环互相看着，
脉脉含情心里说不尽的万愁千绪。

始发鄂渚寄表臣（二首选一）

长庆元年（821）冬，刘禹锡出任夔（kuí）州刺史，途经鄂州（今湖北武汉一带），与李程（字表臣）相会。二人相聚甚欢，不忍分手。鄂渚（zhǔ）指鄂州渡口。本题二首是刘禹锡乘船刚离鄂州，在船上写的。这里选的是第二首。

晓发柳林戍[①]**，遥城闻五鼓**[②]。
忆与故人眠，　此时犹晤语[③]。

---

① 柳林戍：地名。在鄂州渡口附近。　② 五鼓：即五更。　③ 晤（wù）语：会面交谈。

翻译

清早乘船从柳林戍出发，
遥远的城中响起五更鼓声。
回忆过去与老朋友并榻而眠，
此刻还在一起说话谈论。

出鄂州界怀表臣（二首选一）

刘禹锡乘船离开鄂州地界后，又写了两首诗怀念表臣，足见友情甚深。这里选的是第二首。诗中的“梦觉疑连榻”正与前选一首的“忆与故人眠”相照应。

梦觉疑连榻①，舟行忽千里。

不见黄鹤楼②，寒沙雪相似③。

① 连榻：并榻。榻（tà），狭长而较矮的床。 ② 黄鹤楼：旧在今武汉市武昌西面黄鹄矶上，下临大江。这里以黄鹤楼代鄂州。 ③ 寒沙：寒冷的江沙。刘禹锡经鄂州时正是冬天。

翻译

梦醒时我还以为在与你并榻而眠，

其实，船已离开你千里之远。

鄂州的黄鹤楼早已看不到了，

只见江边的寒沙像白雪一样耀眼。

经檀道济故垒

檀道济是南朝刘宋时名将，屡立战功，后遭彭城王刘义康疑忌，被矫诏杀害。檀曾为江州刺史，故当他被害时，时人曾作歌哀悼他说："可怜白符鸠，枉杀檀江州。"刘禹锡在宝历二年(826)罢和州刺史时，往游金陵，路经檀道济当年营垒的遗址，感而写成此诗。

万里长城坏[①]，荒营野草秋。

秣陵多士女[②]，犹唱《白符鸠》[③]。

---

① 万里长城：《宋书·檀道济传》载，道济被捕时，脱帽掷地说："乃复坏汝万里之长城。"意谓加害镇守江防的大臣，等于毁坏万里长城。南朝据长江苟安，所以江防的重要，如同秦筑长城。此用檀语。

② 秣(mò)陵：南京的别称。士女：指有识的男男女女。 ③ 白符鸠：舞曲名，出自江南。传为吴地百姓患孙皓虐政之作。檀道济被杀后，人们唱《白符鸠》，乃是谴责刘义康像孙皓一样暴虐。此连上句，寄托着诗人在政治上的自信，表示人民自有公断。

翻译

刘宋王朝的万里长城已经塌倒，
荒废的营垒秋天长满野草。
秣陵城里不少男男女女，
至今还歌唱《白符鸠》深深哀悼！

罢和州游建康

刘禹锡罢和州刺史后，在返洛阳的途中，顺路去游六朝旧都建康（今江苏南京）。罢任官闲，故觉秋水清浅，暮山有情，而遍赏南朝山寺，颇有“无官一身轻”的心境。

秋水清无力①**，寒山暮多思**②。
官闲不计程③**，遍上南朝寺**④。

① 清无力：形容秋水清浅平缓。 ② 思（sì）：心绪，情思。此处押韵，须读仄声。 ③ 程：期限。 ④ 南朝寺：南朝宋、齐、梁、陈四朝帝王及贵族多好佛，所建寺庙甚多，故杜牧有“南朝四百八十寺”之句。

翻译

秋水清浅，平缓无力，
寒山入暮，极有情致。
官闲时不计归程，
遍赏那南朝的古寺。

别苏州（二首选一）

大和六年（832），刘禹锡出任苏州刺史时，正是苏州遇到特大水灾之后。他到任后，关心百姓疾苦，认真做好善后工作，除奏请朝廷开仓赈济饥民外，还宣布免除赋税徭役，使苏州的生产能够迅速得到恢复和发展。由于政绩卓著，他很得苏州人民的爱戴。他对苏州也很有感情，临行时写了《别苏州》二首，以表示依依之意。这里选的是其中的第二首。

流水阊门外①，秋风吹柳条②。
从来送客处，今日自魂销③。

① 阊门：苏州城西门。门前有环城河流过。 ②“秋风”句：折柳送别是当时的习俗，所以这句显示充满离别情意。 ③ 魂销：销魂。指为情所感，如同魂魄离散。此用南朝梁时江淹《别赋》“黯然销魂者，唯别而已矣”句意。

翻译

流水在阊门外边，

秋风吹动着柳条。

这里从来就是送别旅客的地方，

今天当然也使人这样黯然魂销。

淮阴行并引(五首选三)

这是刘禹锡仿照南朝乐府旧题《长干行》所写成的一组民歌。这里选的是其中的第二、三、四首。前一首写离别之情,以景表情;后两首写怀恋之情,分别借铜环和燕子寄情;都写得情意绵绵,很有特色。黄庭坚盛赞这组诗说:“《淮阴行》情调殊丽,语气尤稳切。”(《苕溪渔隐丛话》)淮阴:今江苏省淮安市。

古有《长干行》,言三江之事悉矣[①]。余尝阻风淮阴,作《淮阴行》以裨乐府[②]。

---

① 三江:水名。三江之说甚多,此处约指江苏境内的吴淞江、娄江、东江。 ② 裨(bì):补益。

翻译

古时有乐府诗《长干行》,谈三江之事很详尽。我曾经被大风所阻,滞留淮阴,写成《淮阴行》,用来给乐府作增补。

今日转船头，金乌指西北[1]。

烟波与春草，千里同一色[2]。

---

① 金乌：即铜乌，又名相风乌，古代测风器。铜制，置于帆樯上，以测风向。因吹东南风，故金乌指向西北。 ②“烟波”二句：两句活用江淹《别赋》中“春草碧色，春水绿波。送君南浦，伤如之何”句意，以写离别之情。

翻译

今天掉转了船头，

金乌正指向西北。

这水上烟波与两岸春草，

航行千里都是一样颜色。

船头大铜镮，摩挲光阵阵[1]。

早晚使风来，沙头一眼认[2]。

---

① 摩挲（suō）：抚弄。 ② 早晚：疑问词，相当于“何时”。沙头：指江滩岸边。

翻译

船头上的大铜环，

被摩挲得光闪闪亮晶晶。

何时让风把船送回来，

在沙滩头上一眼就把你相认。

何物令侬羡[①]？ 羡郎船尾燕。

衔泥趁樯竿[②]， 宿食长相见。

---

① 侬：我，女性自称。 ② 趁：往。

翻译

什么东西最使我羡慕？

是郎君船尾上的飞燕。

它衔泥到桅杆上筑巢，

宿食时常与郎君见面。

秋词二首

这二首诗是作者被贬朗州后所作。诗人一反古人悲秋的常调，唱出高昂雄健之声，认为秋日胜于春朝。他赞美“晴空一鹤”、“山明水净”的秋光，而不取“嗾人狂”的春色，正见出诗人不同世俗的情怀。

自古逢秋悲寂寥，我言秋日胜春朝。
晴空一鹤排云上，便引诗情到碧霄。

翻译

自古秋天都触发人们悲凉寂寥，
但我说秋天比春天朝阳更美好。
晴天秋空中一只白鹤冲云而上，
把我的诗情带到了碧澄的九霄。

山明水净夜来霜，数树深红出浅黄[①]。
试上高楼清入骨，岂如春色嗾人狂[②]。

① 深红：指红叶。浅黄：指枯叶。 ② 嗾（sǒu）：使唤狗。这里是“使”的意思。

翻译

秋天山明水净，夜里又下了霜，

几树深沉红叶在秋野中现出浅黄。

试上高楼一望，清气透彻入骨，

哪里像那春光美色使得人们发狂！

望洞庭

此诗作于朗州司马任内。诗人以轻快的笔触，勾画出一幅优美的洞庭秋月图。后二句想象奇特，比喻恰切，是描绘洞庭山水诗中的名句。宋人黄庭坚《雨中登岳阳楼望君山二首》中之“可惜不当湖水面，银山堆里看青山”，便是从这两句中脱化而成。

湖光秋月两相和①，潭面无风镜未磨。
遥望洞庭山水翠②，白银盘里一青螺。

① 和：和谐。 ② 山：指洞庭湖中的君山。

翻译

湖光秋月两相辉映，多么和谐，
平静如潭水无风，迷濛似铜镜未磨。
遥望月下洞庭湖里苍翠的君山，
好像在白银盘里盛放着一枚青螺。

伤桃源薛道士

此诗作于被贬朗州期间，写得很有感情。诗中前二句写薛道士死后山上的凄清冷落，后二句通过“红桃千树”和“满山无主”的鲜明对比，写出人亡物在之情，抒发作者对薛道士的深沉怀念。桃源：县名，在今湖南省内。薛道士：其人不详。

坛边松在鹤巢空[1]，白鹿闲行旧径中。

手植红桃千树发， 满山无主任春风。

① 坛：指薛道士所居道观。鹤巢空：指鹤已死，喻薛道士逝去。

翻译

祭坛边的松树犹在，鹤巢已经空空，

只有悠闲的白鹿，行走在从前的小路中。

薛道士当年手植的红桃，正千树怒放，

但是满山没有主人，命运任凭春风。

元和甲午岁，诏书尽征江湘逐客，余自武陵赴京，宿于都亭，有怀续来诸君子

元和九年(814)十二月，刘禹锡在贬谪九年之后，终于奉召回京。当他行至长安近郊时，已是元和十年二月，他悲喜交集，感慨万千，写下了这首诗。诗中前二句写出兴奋之极，后二句则感慨无限。“十年”与“今夜”、“楚水枫林下”与“初闻长乐钟”，对比极强烈。元和甲午岁：即元和九年。征：召。逐客：指被贬谪的人。都亭：指长安郊外驿站。续来诸君子：指同时被陆续召回的柳宗元、陈谏、韩晔、韩泰等人。

雷雨江湖起卧龙[①]**，武陵樵客蹑仙踪**[②]。

十年楚水枫林下[③]**，今夜初闻长乐钟**[④]。

---

① 卧龙：三国时隐居南阳的诸葛亮，人称“卧龙先生”。后以喻隐居的俊杰。这里指刘禹锡等被贬官员。 ② 武陵樵客：刘禹锡自称。武陵，即朗州。蹑(niè)仙踪：追随神仙踪迹。此句是说自己被贬后

已是不问政治，高蹈物外。 ③ 楚水枫林：刘禹锡贬朗州，在今湖南，古属楚地。楚辞《招魂》说："湛湛江水兮上有枫，目极千里兮伤春心。"此用其意，形容自己的谪所。 ④ 长乐：西汉长乐宫，是汉初君臣朝会所在，此喻应诏征来入朝。钟：指宫中报时的钟声。钟鸣漏尽：夜尽天明。

翻译

雷雨唤起蛰居江湖的卧龙，
还有我这个武陵樵客，物外求仙的人。
十年来，我一直生活在楚水枫林下，
今夜头一回听到长乐宫的报晓钟声！

元和十年，自朗州承召至京，戏赠看花诸君子

元和十年(815)，刘禹锡从朗州奉召回京。在他被贬的十年间，朝廷扶植了许多新贵。刘眼见及此，便借去玄都观看桃花一事，写成此诗，以泄胸中愤懑。诗中的“桃千树”即指朝中新贵。此诗前二句从侧面写桃花烂熳，以奔走于“紫陌红尘”中的看花者，来暗喻投靠权门的趋炎附势之徒。后二句喻指这些新贵们全都是在自己被排挤后才提拔起来的，语极辛辣尖刻，引起当时执政者的不悦。

紫陌红尘拂面来①，无人不道看花回。

玄都观里桃千树②，尽是刘郎去后栽③。

---

① 紫陌：指帝京郊野的道路。东汉张衡《西京赋》中用“木衣(穿)绨锦，土被(披)朱紫”来形容京城繁华的街道。红尘：指飞扬的尘土，形容热闹繁华。 ② 玄都观(guàn)：长安城南的一座道观，在今西安市南门外。 ③ 刘郎：作者自称。

翻译

繁华道路上，尘土扑面飞来，
人们都说是刚刚看花而回。
玄都观里的千树桃花，
全是我离开京城后栽培起来。

伤愚溪三首并引

柳宗元死后三年，刘禹锡从一个云游永州的僧人口中得知：柳宗元当年居住过的愚溪已经完全不像过去的样子了。他听后很有感触，就写下这三首诗来排遣心中的悲伤，这三首诗都是写柳宗元的旧居犹在而人事全非的。第一首以溪水、庭草、山榴、燕子等春景衬托“草堂无主”的凄凉；第二首写柳宗元的身后萧条，并以郑玄喻柳之才德俱高；第三首借嵇康、吕安被害之典，对柳之不幸早逝深致惋惜之情。

故人柳子厚之谪永州[①]，得胜地，结茅树蔬[②]，为沼沚[③]，为台榭[④]，目曰愚溪[⑤]。柳子没三年，有僧游零陵[⑥]，告余曰：“愚溪无复曩时矣[⑦]。”一闻僧言，悲不能自胜[⑧]，遂以所闻为七言以寄恨[⑨]。

---

① 子厚：柳宗元的字。谪(zhé)：指官吏降级，调往边远地方。永州：治所在今湖南永州零陵。 ② 结茅树蔬：建造茅屋，种植蔬菜。 ③ 为：筑造。沼：小池塘。沚：小洲。 ④ 榭(xiè)：建在台上的敞屋。 ⑤ 目：命名。愚溪：本名冉溪。柳宗元谪居永州

时改为今名，其意谓己之愚及于溪水，故名愚溪。 ⑥ 零陵：即永州。 ⑦ 无复曩时矣：不再像从前了。曩（nǎng），从前、过去。⑧ 胜（shēng）：禁得起。 ⑨ 恨：憾。这里指伤悼之意。

翻译

我的老朋友柳宗元谪居永州，得了一块好地方，在那里建造房屋，种植蔬菜。筑了池塘小洲，建了亭台楼榭，命名为愚溪。柳子死后三年，有一个僧人云游零陵，告诉我说："愚溪再也不像从前的样子了。"一听到僧人这话，我无法抑制自己的悲痛，就把听到的情况写成七言诗，以表哀悼。

溪水悠悠春自来①**，草堂无主燕飞回**②。
隔帘唯见中庭草③**，一树山榴依旧开**④。

---

① 悠悠：悠闲自在。 ② 草堂无主：指柳宗元已去世。 ③ 中庭：庭中。 ④ 山榴：山石榴，又名杜鹃花、映山红。柳宗元在愚溪种植有山石榴。

翻译

溪水悠悠地流着，春天自然来了，
草堂已经没有主人，燕子还是飞回。
隔着帘子只看到庭中长满野草，
那一树山榴花依旧烂熳盛开。

草圣数行留坏壁[①]，木奴千树属邻家[②]。
唯见里门通德榜[③]，残阳寂寞出樵车[④]。

---

① 草圣：东汉张芝善草书，尤精章草，人称草圣。据唐人赵璘《因话录》称，柳宗元善书，其所作章草“为时所宝”。此处即以草圣誉柳宗元。 ② 木奴：柑橘树的别名。三国时吴国丹阳太守李衡于宅边种橘千株，死前对儿子说：“我有木奴一千名，不须你供应衣食，你每年可得到一千匹绢，足够用的了。”(事见《三国志·吴书·三嗣主传》注引之《襄阳记》) ③ 里门：乡门。榜：指里门匾额。通德榜：东汉末，孔融为北海太守，因为尊敬大学者郑玄，命高密县为郑玄故里特设郑公乡，高筑里门，以通高车驷马，称“通德门”。此喻指柳故居里门。 ④ 樵车：柴车。

翻译

草圣似的几行草书还留在断墙残壁上，
当年手植的千株柑树已经属于邻家。
只看见里门上仍是当年那块“通德”匾，
现在只有柴车寂寞地出入在斜阳下。

柳门竹巷依依在，野草青苔日日多。
纵有邻人解吹笛，山阳旧侣更谁过①？

---

①“纵有”二句：魏晋之际，向秀与嵇康、吕安二人友善。嵇、吕被司马昭杀害后，向秀经过他们的山阳旧居，闻邻人笛声，乃感怀亡友，作《思旧赋》（见其赋序）。诗中的“邻人吹笛”和“山阳旧侣”即出此典。过（guō）：经过。此处押韵，须读平声。

翻译

当年的柴门和竹篱还依依存在，
野草和青苔却一天天增多。
现在纵使邻居有人懂得吹笛，
但老朋友谁能再从这里经过？

竹枝词并序（九首选六）

这组民歌体诗写于长庆二年(822)刘禹锡在夔州时期。其中有的是反映爱情生活的，有的是描写夔州一带的山川景物和风土人情的，语言明快浅近，清新流丽，具有浓郁的生活气息和地方特色。北宋诗人黄庭坚认为它"词意高妙，元和间诚可独步。道风俗而不俚，追古昔而不愧"(《诗人玉屑》)。

这里所选的是第二、四、六、七、八、九首。前两首反映爱情生活，中二首慨叹人心的多变与险恶，末两首描写山川景物与风土人情。

四方之歌，异音而同乐。岁正月[1]，余来建平[2]，里中儿联歌《竹枝》[3]，吹短笛，击鼓以赴节[4]。歌者扬袂睢舞[5]，以曲多为贤。聆其音，中黄钟之羽[6]。卒章激讦如吴声[7]，虽伧佇不可分[8]，而含思宛转，有《淇奥》之艳[9]。昔屈原居沅湘间[10]，其民迎神，词多鄙陋，乃为作《九歌》[11]，到于今荆楚鼓舞之[12]。故余亦作《竹枝》九篇，俾善歌者扬之[13]，附于末。后之聆巴歈[14]，知变风之自焉。

① 岁正月：指长庆二年正月。 ② 建平：古郡名，故治在今重庆巫山县，此指夔州。 ③ 里：里闾。 ④ 赴节：符合节拍。 ⑤ 扬袂睢舞：挥袖尽情起舞。袂（mèi）：衣袖。睢（suī）：无拘束。 ⑥ 中（zhòng）黄钟之羽：符合黄钟宫的羽调。 ⑦ 卒章：指歌曲的结尾部分。激讦（jié）：激切。吴声：吴声歌曲，指长江下游地区的民歌。 ⑧ 伧佇（chéng níng）：拟音词，这里形容方言俚语听不惯。 ⑨《淇奥》：即《诗经·卫风·淇奥》，借指卫国的民歌。 ⑩ 屈原：战国时楚国诗人。沅湘：沅水和湘水，指屈原流放地。 ⑪《九歌》：屈原所作楚歌作品。 ⑫ 鼓舞之：即“以之鼓舞”，指按《九歌》的节拍击鼓跳舞。 ⑬ 俾（bǐ）：使。扬：传播。 ⑭ 巴歈（yú）：巴地的民歌。歈：歌。

翻译

各地的歌曲，曲调有别而同属音乐。长庆二年正月，我来到建平，听到里巷中儿童联唱《竹枝》，吹短笛击鼓来合节拍。唱歌的人扬起衣袖尽情起舞，以唱得多的为最好。听他们的歌曲，符合黄钟宫的羽调，结尾激切如同吴地的民歌。虽然这些方言俚语听不惯、分不清，但情思含蓄宛转，却像卫国民歌一样优美。从前屈原谪居沅湘之间，那里百姓迎神，唱的歌词大多鄙俗粗陋，于是为他们创作《九歌》，到现在荆楚一带唱着《九歌》击鼓跳舞。因此我也创作《竹枝词》九篇，让善歌的人来传播它。它就附在这小序之后。以后听巴中民歌的人们，可以知道巴中民歌的变风的来由了。

山桃红花满上头[1]，蜀江春水拍山流[2]。

花红易衰似郎意[3]，水流无限似侬愁。

① 上头：指山顶上。 ② 蜀江：泛指今四川境内河流。 ③ 衰：凋谢。

翻译

鲜红的桃花开满山头，

蜀江的春水拍击着山崖东流。

桃花红颜容易凋谢，就像郎君情意，

春水长流不尽，恰似我的忧愁。

日出三竿春雾消， 江头蜀客驻兰桡[1]，

凭寄狂夫书一纸[2]， 住在成都万里桥[3]。

① 蜀客：来自蜀郡的客人。蜀郡治所即在成都。驻：喻停泊。兰桡(ráo)：美称船桨。 ② 狂夫：女子对丈夫怨爱交加的称呼，等于说“冤家”。 ③ 万里桥：故址在今成都南门锦江上。

翻译

日上三竿，春雾消散，

江边停泊着蜀客的船帆。

托他给我那个冤家捎一封信，

冤家就住在成都的万里桥畔。

城西门前滟滪堆[1]**，年年波浪不能摧。**

懊恼人心不如石，　少时东去复西来。

---

① 滟滪（yàn yù）堆：是夔州城西瞿塘峡口的一块巨石，又名犹豫堆、英武石，今已被炸毁。

翻译

城西门前大江中的滟滪堆，

年年被波浪冲击也不能摧毁。

懊恼的是人心比不上这石头，

一会儿往东去，一会儿又朝西来。

瞿唐嘈嘈十二滩[①]，此中道路古来难。

长恨人心不如水， 等闲平地起波澜[②]。

① 瞿唐：瞿塘峡，又名夔峡，长江三峡之一，峡中有十二险滩。嘈嘈：湍急的流水声。 ② 等闲：无端。

翻译

瞿塘峡水刷刷流过十二滩，

这里的道路自古以来很艰难。

总是怨恨人心比不了这江水，

无缘无故也会平地掀起波澜。

巫峡苍苍烟雨时[①]，清猿啼在最高枝。

个里愁人肠自断[②]，由来不是此声悲。

① 巫峡：长江三峡之一，两岸绝壁，猿声不断。全长 46 公里，为三峡之一。 ② 个里：这里，其中。

翻译

巫峡苍苍，在烟雨迷濛时节，

凄清的猿啼从最高的树枝上传来。

这里愁苦的旅人自然肠断，

却从来不是由于那猿啼声音悲哀。

山上层层桃李花，　云间烟火是人家[1]。

银钏金钗来负水[2]，长刀短笠去烧畲[3]。

---

① 云间：指云雾缭绕的高山。　② 银钏金钗：妇女戴的手镯和首饰，这里借指盛装妇女。　③ 长刀短笠：男子的劳动工具，这里借指男子。烧畲（shē）：烧荒种地。

翻译

山上层层开满桃花李花，

白云里升起烟火是山上人家。

银钏金钗的妇女下山来背水，

长刀短笠的男子前去烧荒种庄稼。

竹枝词(二首选一)

这是刘禹锡竹枝词中最广为传诵的一首。它巧妙地运用了双关隐语的手法,形象地表现了一个少女在恋爱时的微妙心情。诗中“晴”、“情”谐音双关。后二句既写出了眼前所见的景物,又表达了此时此际的心情,贴切自然。六朝民歌常用这类手法技巧,所以明人谢榛说它“措词流丽,酷似六朝”(《四溟诗话》)。它明白如话,一读便懂,不须今译了。

杨柳青青江水平,闻郎江上唱歌声。

东边日出西边雨,道是无晴却有晴。

堤上行（三首选二）

这组诗作于夔州期间，三首诗从不同的角度反映出江边人民的生活情景。这里选的是第一、二首。第一首写堤头繁华热闹情景，第二首写男女月下对歌的无限情意。

酒旗相望大堤头[1]，堤下连樯堤上楼[2]。

日暮行人争渡急，桨声幽轧满中流[3]。

---

① 酒旗：也叫酒帘。旧时酒店的标帜，悬于店门前以招徕顾客。

② 樯：桅杆，这里代船。　③ 幽轧（yà）：象声词，指桨声。

翻译

酒旗一面面相望在大堤上，

堤下船桅相连，堤上尽是酒楼。

傍晚的行人急忙抢先渡江，

幽轧的桨声响满大江中流。

江南江北望烟波，　　　入夜行人相应歌[1]。

《桃叶》传情《竹枝》怨[2]，水流无限月明多。

① 相应歌：这里唱，那里和，歌声相应。　② 桃叶：指《桃叶歌》，是南朝乐府民歌旧曲，旧词多为情歌。竹枝：即《竹枝词》。

翻译

江南江北相望，一片水雾迷濛，

入夜，行人们此起彼落对唱着歌。

《桃叶歌》传达情意，《竹枝词》倾诉幽怨，

像江水流不尽，似月光那样多。

踏歌词（四首选三）

踏歌是流行于长江流域的一种民间歌舞，一面走，一面唱，以脚步为节拍。这四首诗是刘禹锡在夔州期间写的踏歌歌词。这里选的是第一、二、三首。第一首写少女们在春夜联袂而歌，却等不到所爱的人；第二首写楚地一带歌舞成风；第三首写月夜歌舞盛况。

春江月出大堤平，　堤上女郎连袂行[①]。
唱尽新词欢不见[②]，　红霞映树鹧鸪鸣[③]。

① 连袂：手挽着手。　② 欢：古时女子对所恋男子的爱称。　③ 鹧鸪：鸟名，雌雄对鸣时，声似"行不得也哥哥"。

翻译

春江升起明月，大堤显得宽平，
少女们手挽着手在堤上踏歌行。
新词都唱完了，还看不见心上人，
朝阳的红霞映照在树上，鹧鸪开始啼鸣。

桃蹊柳陌好经过[①]，灯下妆成月下歌。

为是襄王故宫地[②]，至今犹是细腰多[③]。

① 桃蹊柳陌：指桃柳夹植的道路。过(guō)：此处押韵，须读平声。② 襄王：指战国时的楚顷襄王。 ③ 细腰：相传楚襄王让宫女减食以求腰细善舞。这里借指能歌善舞的女郎。

翻译

最爱穿过桃树下柳荫中的路，
在灯前打扮好，在月下唱着歌。
这里是当年楚顷襄王故宫的所在地，
至今能歌善舞的细腰女郎还是很多。

新词宛转递相传， 振袖倾鬟风露前[①]。

月落乌啼云雨散[②]， 游童陌上拾花钿[③]。

① 鬟(huán)：古代妇女梳的环形发髻。 ② 月落乌啼：指即将天明时分。云雨散：比喻男女欢会结束。 ③ 花钿(diàn)：古代妇女插

在发髻上的装饰品。

翻译

新的歌词委婉曲折，一支支对唱相传，
扬起衣袖倾倒发鬟，在春风露水之前。
月亮落山，乌鸦啼叫，男女欢会也散了，
游戏的儿童在路上捡拾着遗落的花钿。

浪淘沙词（九首选六）

这组诗是刘禹锡在夔州刺史任上之作，每一首都写到水，都分别与“浪”、“淘”、“沙”三字有关；但地点并不限于一处。内容上有对江河波涛的描绘，有对劳动与爱情的反映，也有对个人遭遇的慨叹。这里选的是第一、二、四、六、七、八首。第一首写黄河险曲，源远流长，表达作者要迎着风沙巨浪逆流而上的决心。第二、四首是情歌，分别写了美满姻缘突遭破坏的情况和少妇思夫的怨爱交加的感情。第六首写淘沙拣金的艰辛劳动，衬出侯王美人的金印首饰来之不易。第七、八首分别写海潮由汹涌到寂灭的变化和千淘万漉，真金乃出的情况，两首均寓有诗人极深的感慨。

九曲黄河万里沙[①]，浪淘风簸自天涯[②]。
如今直上银河去，同到牵牛织女家[③]。

---

① 九曲：俗称黄河九曲十八弯，形容黄河弯曲的地方很多。 ② 浪淘风簸：指黄河波浪翻腾。 ③“如今”二句：南朝梁宗懔《荆楚岁时记》记载，汉武帝曾命令张骞（qiān）寻找黄河源头。张骞乘木筏走了

一个多月，来到一个地方，见城郭如官府，室内有一个女子在织布，又见一个男子牵牛在河边饮水。这河便是银河，这一男一女便是牵牛和织女。此用其事。

翻译

曲折的黄河卷来万里泥沙，
大浪淘来，狂风簸来，从遥远天边。
如今我要迎着风浪直上银河去，
一同走到牛郎织女的家门前。

洛水桥边春日斜[①]，碧流清浅见琼砂[②]。
无端陌上狂风急， 惊起鸳鸯出浪花。

---

① 洛水：黄河的支流，在今河南省西部。 ② 琼砂：形容砂如美玉。

翻译

洛水桥边，春天的太阳西斜，
碧流又清又浅，看得见水底琼砂。
路上无端刮起急剧的狂风，

惊得鸳鸯飞起，溅出点点浪花。

鹦鹉洲头浪飐沙[①]，青楼春望日将斜[②]。

衔泥燕子争归舍，独自狂夫不忆家[③]！

① 鹦鹉洲：原在今湖北武汉武昌城外江中，后于明末逐渐埋没。

② 青楼：富家女子所居之楼。 ③ 狂夫：见《竹枝词》注。

翻译

鹦鹉洲头，波浪卷着泥沙，

青楼上少妇凝望春光，直到夕阳西下。

衔泥的燕子都争着回巢，

只有那冤家就一点也不想家。

日照澄洲江雾开[①]，淘金女伴满江隈[②]。

美人首饰侯王印，尽是沙中浪底来。

① 澄洲：清澈的江中小洲。 ② 江隈(wēi)：江岸的弯曲处。

翻译

朝阳照在江雾初开的小洲上，
淘金的女伴早已布满江滨。
美人的首饰和侯王的金印，
全都是从沙中浪底淘来的黄金。

八月涛声吼地来[1]，头高数丈触山回。
须臾却入海门去[2]，卷起沙堆似雪堆。

---

① 八月涛声：指浙江钱塘江口的潮声。每年八月十八日前后，钱塘江口海潮特别大，潮头壁立汹涌，声势如万马奔腾，极为壮观。向有“八月十八潮，壮观天下无”之美誉。 ② 须臾（yú）：片刻。海门：指钱塘江口。

翻译

八月的海涛声惊天动地而来，
几丈高的潮头碰着崖壁折回。
一会儿又退到海门去了，
卷起的沙堆像是洁白的雪堆。

莫道谗言如浪深，　莫言迁客似沙沉[1]。

千淘万漉虽辛苦[2]，吹尽狂沙始到金。

---

① 迁客：指被贬的官员，这里是诗人自指。　② 漉(lù)：过滤。

翻译

不要说谗言像波浪那样深险，

不要说迁客像泥沙在水底埋沉。

千回浪淘，万遍水滤，虽然辛苦，

吹尽了轻狂浮沙，才能得到真金。

望夫石

诗题一作《望夫山》，题下自注："山正对和州郡楼。"当是指今安徽当涂西北的望夫石。和州治所在今安徽和县，正与当涂隔江相望。此诗借一个妇女终日望夫而化石的传说，表达作者日夕盼望归京的迫切心情。作者在《历阳书事十二韵》中所写的"望夫人化石，梦帝日环营"二句，正可作此诗注脚。宋代诗人陈师道誉之为"语虽拙而意工"(《后山诗话》)。语言浅显，不作今译。

终日望夫夫不归，化为孤石苦相思。

望来已是几千载，只似当时初望时。

金陵五题并序

这是刘禹锡在和州期间所写的一组怀古诗。它分别吟咏了金陵五处有代表性的古迹，对发生在这一历史环境中的史事进行评说，以阐明自己的政治观点。这组诗在当时就获得了很高的评价，同时代的诗人白居易（乐天）就十分叹赏，并特别推许《石头城》，认为“后之诗人不复措词矣”。这五首诗各有侧重点，《石头城》是组诗的总起，通过石头城遗迹，吟咏六朝旧都的存废，以表现六朝政权的兴亡；《乌衣巷》、《台城》、《生公讲堂》和《江令宅》四题，则分别写活跃在这一特定历史时期的有代表性的贵族（王导、谢安）、帝王（陈后主）、高僧（生公）、文士（江令）的遭际。五首诗之间既有思想意义上的内在联系，又可分别独立成篇。金陵：今江苏南京市。东吴、东晋、宋、齐、梁、陈六朝曾先后建都于此。

余少为江南客，而未游秣陵①，尝有遗恨②。后为历阳守③，跂而望之④。适有客以《金陵五题》相示⑤，逌尔生思⑥，欻然有得⑦。他日，友人白乐天掉头苦吟⑧，叹赏良久，且曰：“《石头》诗云：‘潮打空城

寂寞回'，吾知后之诗人不复措词矣。"馀四咏虽不及此，亦不孤乐天之言耳[9]。

---

① 秣(mò)陵：南京的别名。 ② 遗恨：遗憾。 ③ 历阳守：历阳郡守，即和州刺史。 ④ 跂而望之：踮起脚跟往远处望。跂，音义同"企"。 ⑤ 相示：给我看。 ⑥ 逌(yōu)尔：愉快自得。 ⑦ 欻(xū)然：忽然。 ⑧ 白乐天：唐代诗人白居易，字乐天。 ⑨ 不孤：不辜负。孤，通"辜"。

翻译

我年少时作客江南，却从未游过秣陵，曾为此感到遗憾。后来当了历阳郡守，也只是踮起脚跟远望。刚好有一个客人拿了他所作的《金陵五题》给我看，由此而愉快地产生联想，忽有所得，写成这组诗。后来友人白乐天摇头长吟，叹赏多时，且说："《石头城》一诗咏了'潮打空城寂寞回'，我知道以后的诗人再也无法下笔了。"其余四首虽不及这一首，但也没有辜负乐天这番话。

石头城[1]

山围故国周遭在[2]，潮打空城寂寞回。

淮水东边旧时月[3]，夜深还过女墙来[4]。

① 石头城：故址在今南京清凉山一带，西北面临近长江。战国时为楚国金陵城，秦时改为秣陵，三国时吴国改为石头城。 ② 故国：故都，指石头城。周遭：指城墙四周。 ③ 淮水：即秦淮河，西经金陵城中，北入长江。此地六朝时极为繁华，南宋以来已大部淤塞。

④ 女墙：城墙上的短墙，即箭垛。

翻译

群山环绕中的旧都城墙四围还在，

江潮拍击这座空城，又寂寞地退回。

秦淮河东边升起的依旧是当年明月，

夜深时月光还一样穿过女墙照来。

乌衣巷[①]

朱雀桥边野草花[②]**，乌衣巷口夕阳斜。**

旧时王谢堂前燕[③]**，飞入寻常百姓家。**

---

① 乌衣巷：位于秦淮河之南，是当时金陵城中一条里巷。三国时吴国曾在此设军营，士兵皆穿黑衣，故名乌衣巷。东晋时王导、谢安等豪门大族多聚居于此。 ② 朱雀桥：秦淮河上的一座桥，与乌衣巷

相近。 ③ 王谢：指王导、谢安两大门阀士族。

翻译

朱雀桥边长满野草野花，
乌衣巷口阳光渐渐西斜。
从前在王谢堂前筑巢的燕子，
如今再来飞进平常百姓人家。

台城[①]

台城六代竞豪华[②]**，结绮临春事最奢**[③]。
万户千门成野草[④]**，只缘一曲《后庭花》**[⑤]。

---

① 台城：六朝皇城。当时朝廷官署称台，设在皇城里，故称禁城为台城。 ② 六代：指东吴、东晋、宋、齐、梁、陈六朝。 ③ 结绮临春：陈后主及其宠妃所住的宫中两座楼阁。据《南史·张贵妃传》载，此二阁高数十丈，饰以金玉，间以珠翠，后主自居临春阁，张贵妃居结绮阁。 ④ 万户千门：指皇城里许多宫殿楼阁。 ⑤ 缘：因为。《后庭花》：即《玉树后庭花》，陈后主所作歌曲名。歌词绮艳，其音甚哀，后世称之为亡国之音。

翻译

台城的六代帝王都竞尚奢侈，

陈后主结绮、临春楼阁最豪华。

现在万户千门长满了野草，

就由于那一曲《玉树后庭花》。

生公讲堂[①]

生公说法鬼神听，　身后空堂夜不扃[②]**。**

高座寂寥尘漠漠[③]**，　一方明月可中庭**[④]**。**

---

① 生公讲堂：东晋高僧竺道生传经说法的地方。生公即竺道生。他精通佛法，传说在苏州时曾对石头讲经说法，说得石头也点头，故有“生公说法，顽石点头”的俗谚。　② 扃(jiōng)：从外面关门叫扃。　③ 漠漠：密布。　④ 一方：犹言一片。可：当、对、正。

翻译

当年生公说法，鬼神也前来听讲，

死后一座空堂，夜里不用关门。

讲经的高座冷落得积满了灰尘，

一片月光正映照着这院庭。

江令宅[①]

南朝词臣北朝客，归来唯见秦淮碧。

池台竹树三亩馀，至今人道江家宅。

---

① 江令宅：江总在金陵的旧宅。江令：即江总。他博学善文辞，历仕梁、陈、隋三朝。陈后主时，官至尚书令，故世称江令。他是当时日夕陪侍后主游宴的臣子之一。

翻译

江总是南朝的词臣，北朝的客人，

回到南朝却只见秦淮河依旧青碧。

还有那池台竹树三亩有余，

至今人们都说那就是江家宅第。

洛中逢韩七中丞之吴兴口号(五首选三)

大和元年(827)春,刘禹锡抵达洛阳。秋天,韩泰由长安赴吴兴出任湖州刺史,路过洛阳。两人久别重逢,百感交集,刘即席赋诗五首赠韩,倾吐“永贞革新”失败后彼此的共同遭遇,诗写得十分悲凉感慨。这里选前三首。第一首倾诉昔盛今衰之感,第二首写会少离多的苦闷心情,第三首写无法排解横遭贬谪的愁苦情怀。洛中:洛阳。韩七中丞:即韩泰,是“永贞革新”的骨干之一。排行第七,出任湖州刺史兼御史中丞,故称韩七中丞。之:往。吴兴:即湖州,今浙江湖州市。口号:也叫口占,随口吟成。

昔年意气结群英[①],几度朝回一字行[②]。

海北天南零落尽[③],两人相见洛阳城。

---

① 群英:指参加“永贞革新”的朋友们。 ② 朝回:上朝回来。一字行:并排着一块走。 ③ 零落:比喻朋友们死的死,贬的贬。

翻译

从前意气相投把众英才聚集在一起，
多少次上朝回来都一字儿并肩前进。
如今天南海北，朋友们零落殆尽，
只有我们两人还能相见在洛阳城。

自从云散各东西，每日欢娱却惨凄。
离别苦多相见少，一生心事在书题[①]。

---

① 心事：指理想抱负。书题：书写，指写诗作文。

翻译

自从风云离散，各自奔走东西，
每日倒也欢乐，其实却很惨凄。
苦于离别太多而相见又太少，
一生心事都寄托在作文题诗。

今朝无意诉离怀，何况清弦急管催[①]。

本欲醉中轻远别，不知翻引酒悲来[2]。

---

① 清弦：清亮的乐曲。急管：节奏急促的乐曲。 ② 翻：反而。酒悲：因饮酒触动伤心事而悲哀。

翻译

今天无意在离别宴席上诉说离忧，
何况清弦急管已在催促。
本想要在酒醉中轻视远别，
不知反而因酒引来了悲苦。

再游玄都观绝句并引

这是元和十年所写的《戏赠看花诸君子》的续篇。十年前，作者因写了上诗而得罪执政，被贬到更偏远的地方去。十年后旧地重游，作者感慨甚深。他看到红极一时的烂漫桃花，而今已荡然不存，从而联想到曾经煊赫一时的新贵们，也已换了另一批人物。作者对十年前写《戏赠看花诸君子》时所受到的不幸遭遇，是并不后悔的，所以他在这个续篇里有意重提旧事。

余贞元二十一年为屯田员外郎①，时此观未有花木。是岁出牧连州②，寻贬朗州司马③。居十年④，召至京师。人人皆言有道士手植仙桃，满观如红霞，遂有前篇，以志一时之事。旋又出牧⑤。于今十有四年，复为主客郎中⑥，重游玄都，荡然无复一树，唯兔葵燕麦动摇于春风耳⑦。因再题二十八字，以俟后游⑧。时大和二年三月。

---

① 屯田员外郎：官名，掌管国家屯田及官员职田配给等事务。

② 是岁：这一年。出牧：出任刺史。 ③ 寻：不久。 ④ 居：停留，这里作“过了”解。 ⑤ 旋：接着。 ⑥ 主客郎中：官名，礼部属官，负责接待宾客等项事务。 ⑦ 兔葵：野菜名。燕麦：俗称野麦。耳：罢了。 ⑧ 俟(sì)：等待。

翻译

我在贞元二十一年时任屯田员外郎，当时这个观里没有花木。这年出任连州刺史，不久又贬为朗州司马。过了十年，被召回京城。人人都说有个道士亲手种了仙桃，花开时满观灿如红霞，于是写了前一首诗，以记当时之事。后来又离京出任刺史。到现在过了十四年，又回京任主客郎中，重游玄都观，观中空荡荡的连一株树都没有，只有兔葵燕麦在春风中摇动罢了。于是再题二十八个字，用来等待以后再游。作诗时是大和二年三月。

百亩庭中半是苔，桃花净尽菜花开[①]。
种桃道士归何处，前度刘郎今又来。

---

① 菜花：野菜花。

翻译

百亩庭院中几乎长满了青苔，

桃花一点都没有，野菜花在盛开。

当年种植桃树的道士到了哪里呢？

从前来看过花的刘郎，今日又重来。

听旧宫中乐人穆氏唱歌

大和二年(828),刘禹锡从洛阳抵长安任集贤殿学士。他偶然听到从前的宫中乐人穆氏歌唱贞元旧曲,追思昔日旧友,触起愁绪,写成此诗。诗中前两句写昔日之盛,后两句写今日之衰。宋人谢枋得评曰:“闻贞元乐曲而思贞元朝士,宁能无伤今怀古之情乎?曰‘当时朝士已无多’,隐然见今日朝廷无人才。不言无而言无多,此诗人巧处。”(《唐诗绝句注解》)

曾随织女渡天河①,记得云间第一歌②。
休唱贞元供奉曲③,当时朝士已无多④。

---

① 织女:相传为天帝孙女。这里指郡主,唐时太子之女(即皇孙)被封为郡主。天河:喻帝王宫禁。 ② 云间:喻宫廷。第一歌:喻极美妙的歌曲。 ③ 贞元:唐德宗年号。顺宗即位在贞元二十一年(805),是年改元永贞,王叔文执政,实行革新,史称“永贞革新”。供奉曲:指奏于宫廷的歌曲。 ④ 朝士:朝廷官员。

翻译

你曾经随从织女渡过天河，

应还记得天上云间最美妙的歌。

不要再唱贞元年间供奉皇帝的旧曲了，

当日朝廷上的士大夫现在已经不多！

与歌者何戡

此诗与《听旧宫中乐人穆氏唱歌》写于同时，都是抒发昔盛今衰之感。“旧人唯有何戡在”正是“当时朝士已无多”的另一种说法。清人沈德潜评云：“梦得重来京师，旧人惟一乐工，为唱《渭城》送别，何以为情也！”（《唐诗别裁》）与：给。何戡（kān）：中唐时期著名歌者。

二十余年别帝京，重闻天乐不胜情[①]。

旧人唯有何戡在，更与殷勤唱《渭城》[②]。

---

① 天乐：指宫中乐曲。不胜（shēng）情：感情无法抑制。按：刘禹锡前后两次出京共二十三年，故有首句。 ② 更：再。《渭城》：《渭城曲》，盛唐诗人王维作，本题《送元二使安西》，因首句“渭城朝雨浥轻尘”而有《渭城曲》之别称。唐人送别多唱此诗。

翻译

我离别京城已经二十多载，

今日重闻宫中旧曲，心里无限感慨。

当年老相识就只剩下何戡一个，

他又殷勤地把《渭城曲》唱起来。

杏园花下酬乐天见赠

此诗作于长安任集贤殿学士期间，时年五十七岁。此时刘禹锡与裴度、白居易等人经常在一起饮酒看花，相互唱酬。这是其中的一首，表现了他老居闲官时的苦涩心境。杏园：园名。故址在今陕西西安市郊大雁塔南。酬：酬答。见赠：指白居易当时的赠诗。

二十馀年作逐臣[①]，归来还见曲江春[②]。
游人莫笑白头醉，　老醉花间有几人？

① 逐臣：被朝廷贬谪放逐之臣，诗人自指。　② 曲江：即曲江池。为京城人士节日游赏之地。

翻译

二十多年来，我作了朝廷的逐臣，
回来还能看见曲江之春。
游人不要笑我满头白发还喝醉酒，
能够老醉花间的有多少人？

和令狐相公别牡丹

大和三年(829)三月,令狐楚由长安赴洛阳,离京前写了一首《别牡丹》诗,刘禹锡作了和诗。宋人谢枋得说:"春明门即长安东城门也……大臣位尊名盛,朝承恩、暮岭海,祸福不可必。一出东城门,去君侧渐远,万一有奸邪柔佞欺负之人,造谣诽谤,荧惑上听,宠辱转移,特顷刻间,欲入朝辩明不可得矣!"(《唐诗绝句注解》)令狐相公:即令狐楚。相公,指丞相。

平章宅里一栏花①,临到开时不在家。

莫道两京非远别②,春明门外即天涯③。

---

① 平章:官名。唐中叶以后,凡实际任宰相之职者,必在其本官外加同平章事的衔称。 ② 两京:指长安和洛阳。 ③ 春明:唐都长安东面有三座门,中门名春明。"春明门外"即指离开京都。

翻译

宰相家里有一栏牡丹花,

临到开时主人却不在家。

不要说洛阳离长安不远，

一走出春明门就是天涯。

与歌者米嘉荣

此诗以一个身怀绝技的老歌手不受青年人赏识的遭遇，来讽刺当时的年轻新贵排斥朝中前辈，表达了作者的强烈不满。末二句似是慰解米嘉荣，但在慰解中深含愤激之情。此诗约写于大和四年(830)，是刘禹锡有感于宰相裴度被李宗闵、牛僧孺等新贵排斥而作(说见卞孝萱、吴汝煜著《刘禹锡》)。米嘉荣：中唐时期著名歌者，曾为朝廷供奉。

唱得《凉州》意外声[1]，旧人唯数米嘉荣。

近来时世轻先辈，　　好染髭须事后生[2]。

---

① 凉州：乐曲名。此为西北边地乐曲，唐天宝年间之曲多以边地命名。意外声：意料不到的高妙歌声。　② 髭(zī)：嘴上边的胡子。后生：少年，小伙子。

翻译

能够唱出《凉州》绝妙的歌声，

老相识中就数你米嘉荣。

近来的时世却轻视前辈，

好好染黑胡子服事后生。

杨柳枝词（九首选六）

这组诗写于刘禹锡出任苏州刺史时期，时为大和六年至八年（832—834）之间，其中既有对风物的描写，也有咏怀古迹之作。每首诗都扣紧“杨柳”二字来发挥，充分运用了对比的手法。这里选的是第一、四、五、六、八、九首。第一首是全组诗的序曲。第四首着重赞美垂杨生机蓬勃。第五首着意写杨柳的前后境遇不同。第六首是怀古诗，借隋炀帝荒淫亡国的教训，向唐朝统治者敲响警钟。第八首借写离别以咏杨柳多情。第九首亦是写杨柳的盛衰变化，后二句写春尽絮飞，随风飘逝，深寓讽喻之意。

塞北梅花羌笛吹[①]**，淮南桂树小山词**[②]。

请君莫奏前朝曲[③]**，听唱新翻《杨柳枝》**[④]。

---

① 梅花：指汉乐府民歌横吹曲《梅花落》。羌（qiāng）笛：我国古代羌族的一种乐器。又名羌管。 ② 淮南小山：传为西汉淮南王刘安的门客，曾作《招隐士》，其首句为“桂树丛生兮山之幽”，故刘诗称“淮南桂树小山词”。 ③ 前朝曲：指上两句的《梅花落》和《招隐士》。

④ 新翻：旧曲作新词。《杨柳枝》原为唐代教坊曲，刘禹锡所作是据旧曲改制而成，故称“新翻”。

翻译

塞北的《梅花落》用羌笛演奏，
楚辞《招隐士》是淮南小山作词。
请君不要再奏前朝歌曲，
来听听演唱新创作的《杨柳枝》。

金谷园中莺乱飞[1]，铜驼陌上好风吹[2]。
城中桃李须臾尽， 争似垂杨无限时。

---

① 金谷园：在今河南洛阳市西北，晋代豪富石崇所营建，园极华丽。 ② 铜驼：其形似马，晋时置于洛阳宫门。据《晋书·索靖传》载，索靖有先见之明，感觉到天下将要大乱，便指着洛阳宫前的铜驼说：“会见汝在荆棘中耳！”后人遂以“荆棘铜驼”喻天下纷乱，国家灭亡。这两句以“金谷”、“铜驼”写丽景，暗寓盛衰变化之意。

翻译

金谷园中群莺乱飞，

铜驼陌上春风吹拂。

城中的桃李花一会儿就凋谢，

怎似那垂杨没有时限的束缚。

花萼楼前初种时[1]，美人楼上斗腰支[2]。

如今抛掷长街里，露叶如啼欲恨谁？

---

① 花萼楼：唐玄宗在兴庆宫西南所建之楼，原名花萼相辉之楼，玄宗常召诸王登楼同榻宴谑。　② 斗：竞赛，比试。

翻译

花萼楼前，杨柳初种时节，

美人在楼上与它比试腰肢。

如今柳条被抛掷在长街上，

枝叶露珠如泪不知怨恨谁？

炀帝行宫汴水滨[1]，数株残柳不胜春[2]。
晚来风起花如雪，　飞入宫墙不见人。

① 炀帝：隋炀帝杨广。行宫：皇帝出巡时享用的宫殿。汴（biàn）水：又名汴河。隋炀帝修建运河，从开封以东，引汴水达淮河，名叫通济渠，又名御河。沿河遍种杨柳，设行宫四十余所。　② 不胜（shēng）春：意谓与春色不相称。

翻译

隋炀帝的行宫在汴水一侧，
几株残柳配不上明媚的春色。
晚风吹起柳絮像雪花飞舞，
飞进宫墙里去却不见人迹！

城外春风吹酒旗[1]，行人挥袂日西时。
长安陌上无穷树，　唯有垂杨绾别离[2]。

① 城外：指长安城东，灞桥附近。从长安东行的人，都要经过此地，

以折柳为别。 ② 绾(wǎn)：系，盘结。

翻译

城外春风吹动着酒旗，
行人挥手在太阳偏西时。
长安道上无穷的树木，
只有垂杨绾结着别离。

轻盈袅娜占年华[①]，舞榭妆楼处处遮[②]。
春尽絮飞留不得， 随风好去落谁家？

---

① 袅娜(niǎo nuó)：柔软细长。占：有。 ② 舞榭：歌舞的地方。妆楼：女子所居之楼。

翻译

柳条轻盈婀娜，有美好的年华，
舞榭和妆楼，处处在她遮掩下。
春天到头，柳絮飞扬留不住，
随风好好飞去，不知落到谁家？

和乐天春词

这是与白居易《春词》的唱和之作。诗中写闺中人春愁黯黯，无法排遣，只好百无聊赖地“行到中庭数花朵”了；她出神地数着、数着，竟呆呆地站在那里，一直站了很久，很久，连蜻蜓也以为她不会动，飞上了她的玉搔头。

新妆宜面下朱楼[①]，深锁春光一院愁。
行到中庭数花朵，　蜻蜓飞上玉搔头[②]。

① 新妆：刚刚打扮。宜面：和容貌相协调。朱楼：红楼，形容大家闺楼。　② 玉搔头：妇女首饰，即玉簪。

翻译

她刚刚打扮得容光相宜，走下红楼，
深锁宅第，使她觉得满院春光都是愁。
她寂寞无聊地走到庭院中间去数花朵，
痴痴久立，蜻蜓都飞上了她的玉搔头。

洛中春末送杜录事赴蕲州

这是刘禹锡在洛阳期间所写的一首送别诗。首句写昔日经常相见，次句写明日忽作远行，三句以假设口吻写出别意，四句承三句点出送别之时正是春末。杜录事：其人不详。录事，官名。蕲（qí）州：今湖北蕲春。

尊前花下长相见①，明日忽为千里人。

君过午桥回首望②，洛城犹自有残春。

---

① 尊：酒器。　② 午桥：指午桥庄，裴度的别墅，在今河南洛阳南。据《旧唐书·裴度传》载："（裴度）于午桥创别墅，花木万株，中起凉台暑馆，名曰绿野堂。……度视事之隙，与诗人白居易、刘禹锡酣宴终日，高歌放言，以诗酒琴书自乐。当时名士皆从之游。"诗题中的杜录事，当是昔日午桥别墅上的同游者之一。

翻译

我们在筵前花下经常见面，

明天你忽然成了千里外的人。

当你经过午桥回头顾望的时候，

洛阳城里还有残留的春天光景。

秋夜安国观闻笙

此诗写了秋天月夜高楼传笙的情景,充满了诗情画意。安国观(guàn):洛阳的一座道观。

织女分明银汉秋[1],桂枝梧叶共飕飗[2]。

月露满庭人寂寂,《霓裳》一曲在高楼[3]。

---

① 织女:指织女星。银汉:银河。 ② 飕飗:风声。 ③ 霓裳:指《霓裳羽衣曲》。唐乐曲名。

翻译

银河畔的织女星在秋夜里分外明亮,

桂枝梧叶在秋风中飒飒鸣响。

月露满庭,人声寂寂,

一曲《霓裳羽衣曲》响在高楼之上。

杨柳枝

此诗情深款款，一片怀念之情。首句写眼前所见的春景，二、三句追思二十年前曾于此处与美人话别，末句写分手之后杳无音讯。句中着一“恨”字，显出无限的怅惘。明人胡应麟称此诗为“神品”（《诗薮》）；清人施闰章称它“一口直述，绝无含蓄转折，自然入妙”（《蠖斋诗话》）。但有人指出，它是根据白居易《板桥路》一诗改制而成。现把白诗附后，以供比较。白诗云：“梁苑城西二十里，一渠春水柳千条。若为此路今重过，十五年前旧板桥。曾共玉颜桥上别，不知消息到今朝。”

春江一曲柳千条，二十年前旧板桥。

曾与美人桥上别，恨无消息到今朝。

翻译

春江曲折，杨柳千条，

又想起二十年前的这座板桥。

我曾与美人在桥上话别，

恨无音讯，使我思念到今朝。

蜀先主庙

此诗写于刘禹锡在夔州期间，诗中赞扬了刘备的功业，表彰他善于用人，鞭挞了后主刘禅的昏庸孱弱。它盛赞先主而讥刺后主，似寓有讽意。清人纪昀评云："起二句，确是先主庙，妙似不用事者。后四句，沉着之至，不病其直。"（纪批《瀛奎律髓》）蜀先主庙：即刘备的庙，在夔州。

天下英雄气[①]，千秋尚凛然[②]。
势分三足鼎，业复五铢钱[③]。
得相能开国，生儿不象贤[④]。
凄凉蜀故妓[⑤]，来舞魏宫前。

---

① 天下英雄：指刘备。据《三国志·蜀书·先主传》载：曹操曾对刘备说："今天下英雄，唯使君（指刘备）与操耳！" ② 凛然：肃然起敬。③ 五铢（zhū）钱：汉武帝发行的钱币名。王莽篡汉后，废止了这种钱币。作者在题下自注云："汉末谣：黄牛白腹，五铢当复。"诗中"业复五铢钱"即恢复汉室大业。 ④ 象贤：谓能效法前贤，指能继承父业。 ⑤ 蜀故妓：从前蜀国的歌妓。据历史记载，刘禅降魏后，司马

昭举行宴会，让蜀国歌妓表演歌舞，旁人都为刘禅伤感，刘禅却喜笑自若。司马昭问刘禅："颇思蜀否？"刘禅答道："此间乐，不思蜀。"

翻译

刘备笼罩天下的英雄气概，
千载之后尚使人肃然起敬。
与吴、魏形成鼎足三立之势，
使五铢钱重新在汉朝通行。
得到诸葛亮为丞相，他能开辟蜀国，
可惜生了个儿子刘禅，却不如他贤能。
蜀国的歌妓多么凄凉，
前来歌舞在魏国宫廷。

观八阵图

八阵图，相传为诸葛亮布石而成，内分“天、地、风、云、龙、虎、鸟、蛇”八个阵势，遗址在今重庆奉节南大江边。刘禹锡在夔州期间，因观八阵图而对诸葛亮生景仰之情，故成此诗。首联点出八阵图的来历，中二联写八阵图的景物、阵势与威力，尾联则含蓄地表达作者的冀盼之情。诗中的“知兵者”，隐然有自比之意。

轩皇传上略[①]，蜀相运神机[②]。
水落龙蛇出[③]，沙平鹅鹳飞[④]。
波涛无动势，鳞介避馀威[⑤]。
会有知兵者，临流指是非[⑥]。

---

① 轩皇：即传说中的黄帝。上略：上等谋略，指八阵图。《太白阴经》载：“黄帝设八阵之形。” ② 神机：神奇的机谋，这里指八阵图的变化功用。 ③ 水落：指水势变化，喻形势变化。龙蛇：既是阵名，又喻非凡人物。 ④ 鹅鹳：水禽名，既是眼前所见之物，亦为阵名（见《左传·昭公二十一年》注）。 ⑤ 鳞介：泛指鱼鳖等水中动物。介，指带有甲壳的水族。 ⑥ 临流：面对着江流。指是非：进行褒贬评论。

翻译

黄帝传下了高超的兵略，
诸葛亮运用它妙算神机。
水落时龙蛇从江心涌出，
平坦的沙滩上鹅鹳飞起。
大江波涛并无动荡趋势，
八阵图馀威使鱼鳖远避。
应当会有懂得兵术的人，
面对着江流来指点是非。

晚泊牛渚

长庆四年(824),刘禹锡从夔州顺江而下,赴和州刺史任,晚泊于牛渚山下,触景生情,遂成此诗。牛渚:山名,在今安徽当涂西北二十里,紧靠长江。

芦苇晚风起,　秋江鳞甲生①。

残霞忽变色,　游雁有馀声。

戍鼓音响绝②,　渔家灯火明。

无人能咏史③,　独自月中行。

① 鳞甲:形容风吹水的波纹像鱼鳞。　② 戍鼓:驻防军营的鼓声。③ 咏史:诗篇名。据《晋书·文苑传》载:东晋袁宏少时家贫,曾为运租船工。镇西将军谢尚镇守牛渚时,于秋夜泛舟赏月,听到袁宏在运租船上吟诵自己创作的《咏史》诗,十分赞赏,便邀袁相谈。袁得谢赏识,从此声名大著。刘禹锡当日泊舟牛渚时,亦是秋夜,故有此怀古之思。

翻译

晚风从芦苇丛中吹来,

秋天江水漾起鳞甲般波浪。
晚霞很快改变了颜色，
宿歇的征雁还有声响。
军营的鼓声停了下来，
渔家的灯火已经点亮。
没有人能像袁宏那样咏史，
我独自在月下徘徊彷徨。

金陵怀古

此诗写于宝历二年(826),大概与《金陵五题》同时。诗中"兴废由人事,山川空地形"一联,深刻地说明了国家的兴亡取决于人事而不在地形;末联引用"后庭花"之典,正是为了加深说明"人事"的重要。元人方回评此诗说:"前四句用四地名,而以'潮'、'日'、'草'、'烟'附之。第五句乃一篇之断案也,然后应之曰'山川空地形',而末句乃寓悲怆,其妙如此。"(《瀛奎律髓》)

潮满冶城渚①**,　日斜征虏亭**②**。**
蔡洲新草绿③**,　幕府旧烟青**④**。**
兴废由人事⑤**,　山川空地形**⑥**。**
《后庭花》一曲⑦**,幽怨不堪听。**

---

① 满:涨满。冶城:故址在今南京市朝天宫一带。 ② 征虏亭:故址在今南京市方山南,为东晋征虏将军谢安所建,故名。 ③ 蔡洲:又名芳洲,在今南京西南大江中,东晋桓玄曾在此处屯兵。 ④ 幕府:指幕府山,在南京东北长江南岸。东晋王导曾在此处设立幕府(将军府),故名。烟:山间云气,借指山色。 ⑤ 兴废:指国家兴亡。

人事：指人的作为。 ⑥ 空地形：徒然具有险要的山川形势。古人认为金陵地势龙盘虎踞，谁占有了它，便帝业可成。 ⑦《后庭花》：即《玉树后庭花》。见《金陵五题·台城》诗注。

翻译

江潮淹没了冶城附近的小洲，
落日斜照在征虏亭上。
蔡洲长出了绿油油的新草，
幕府山上依旧烟云缭绕，山色青苍。
国家的兴亡取决于人事，
山川险要只是徒具形状。
那一曲《玉树后庭花》啊，
哀怨凄恻，实在不堪欣赏！

罢郡归洛阳闲居

大和元年(827),刘禹锡从和州罢归洛阳闲居。六月,出任主客郎中,分司东都。闲居期间,他依旧关心国事,希望能重展济世匡时的抱负,故诗中有“闻说功名事,依前惜寸阴”之句。

十年江海守①,旦夕有归心。
及此西还日②,空成《东武吟》③。
花间数盏酒, 月下一张琴。
闻说功名事④,依前惜寸阴。

① 江海守:指相继出任连州、夔州、和州刺史,或近海,或沿江。守,即太守,指刺史。 ② 西还:和州在洛阳之东,故称西还。 ③ 东武吟:乐府楚调曲名。南朝鲍照和唐朝李白均有拟作。内容多感叹人生短暂、荣华易逝等消极厌世的思想。这里用《东武吟》以慨叹时事变迁之大。 ④ 功名事:指建功立业之事。

翻译

做了十年沿江近海的太守,

我日夜都想着重回帝京。

待到从和州西返洛阳这一天，

我却只能徒然拟作《东武吟》。

在花丛中，我独自斟饮几杯酒，

在月光下，我一人弹奏一张琴。

听到人们谈论建功立业之事，

我却像从前一样珍惜每寸光阴。

姑苏台

姑苏台在今苏州吴中西南之姑苏山上，相传为吴王夫差得西施后所筑的游宴楼台。作者从眼前的荒台联想到它昔日的繁华，揭示了逸豫亡身的道理，寄托了国家兴亡的感慨。

故国荒台在[①]，前临震泽波[②]。
绮罗随世尽[③]，麋鹿占时多[④]。
筑用金椎力[⑤]，摧因石鼠窠[⑥]。
昔年雕辇路[⑦]，唯有采樵歌。

---

① 荒台：指姑苏台。 ② 震泽：即今江苏南部的太湖。 ③ 绮罗：指身穿绮罗的美女。 ④ 麋(mí)鹿：兽名，俗称四不像。据《史记·淮南衡山列传》载引，伍子胥谏吴王不听时说："臣今见麋鹿游姑苏之台也。"此用其意，说明吴王不听忠谏，终招灭国之祸。 ⑤ 金椎(chuí)：金属制的敲打工具。金椎力，指筑台所需的人力物力。 ⑥ 石鼠：即硕鼠。"石"通"硕"，即"大"的意思。窠(kē)：窝。此句字面是说，姑苏台的摧毁是由于其中有许多大老鼠窝，同时兼用《诗经·硕鼠》的讽刺，指出国家的衰败由于贪官污吏害国害民。

⑦ 辇路：指帝王车驾所经之路。雕：指彩绘、装饰。

翻译

当年吴国留下的荒芜的姑苏台还在，
它依然面对着太湖的浩淼波浪。
盛妆的美女随着时世而不复存在，
山林的麋鹿占有荒台而不断来往。
建筑姑苏台费了多少人力开凿，
摧毁它都由于大老鼠在其中窝藏。
从前吴王所修的华丽辇道啊，
现在就只有樵夫在往来歌唱。

岁夜咏怀

这是刘禹锡在六十七岁时之作。他在这年除夕之夜，追忆自身的失意，嗟叹故旧的凋零，感慨无限，发而为诗。其中五、六句看似旷达，实际上却是无可奈何的自我安慰，字里行间隐含着牢骚与不平。

弥年不得意[①]，新岁又如何？
念昔同游者，　而今有几多？
以闲为自在[②]，将寿补蹉跎[③]。
春色无情故[④]，幽居亦见过[⑤]。

---

① 弥年：一年又一年。　② 自在：自由自在，指乐趣。　③ 蹉跎(cuō tuó)：光阴虚度。　④ 无情故：不问人情世故。　⑤ 幽居：隐居，此指闲居。过(guō)：访，探望。

翻译

我一年比一年不得意，
新的一年又将会如何？

回忆过去一起交游的朋友，
现在活着的还有几多？
我把闲居当作自由自在，
把长寿看作补回岁月蹉跎。
只有春色不管人情世故，
在闲居的时候还来探望我。

途中早发

这是一首深秋客中早行的诗。首联写早行的急迫之情，颔联、颈联写早行所见之景，尾联以隐士尚在高枕反衬出行之早。

中庭望启明[①]，促促事晨征[②]。

寒树鸟初动，　霜桥人未行。

水流白烟起，　日上彩霞生。

隐士应高枕[③]，无人问姓名。

① 启明：星名，即金星，早晨时出现于东方天空。　② 促促：匆匆。事：从事。　③ 高枕：安然而卧。

翻译

我在庭中仰望启明星，

匆匆地准备着早晨出发。

寒冷的树上，鸟儿刚刚活动，

凝霜的桥面，人迹尚未留下。

水流上弥漫着白色的晨雾，

初升的太阳焕发出绚丽的彩霞。

隐士应该还在悠闲高卧，

没有人来问他姓甚名啥。

秋日送客至潜水驿

这是一首在驿站送客的诗。作者通过送客时的所见所闻，描绘了一幅乡村秋色图。诗中的“驿楼”、“沙际”点明送别之地，“枫林”、“茅屋”、“晚禾地”、“秋草畦”写所见，“鹊噪”、“马嘶”、“社日鼓”、“午时鸡”写所闻。其中“枫林社日鼓，茅屋午时鸡”一联，很受北宋大诗人王安石的激赏，曾亲笔书之悬挂于府第中(《雪浪斋日记》)。王本人之“静憩鸡鸣午，荒寻犬吠昏”二句就脱胎于此联(《复斋漫录》)。潜水：即前河，在今安徽潜山，东南流入皖水。驿：驿站。

候吏立沙际①，田家连竹溪②。
枫林社日鼓③，茅屋午时鸡④。
鹊噪晚禾地⑤，蝶飞秋草畦⑥。
驿楼宫树近⑦，疲马再三嘶。

---

① 候吏：管理驿站的官吏。 ② 竹溪：竹林中的小溪。 ③ 社日：祭社神(土地神)的日子。社日分春社秋社，此指秋社。 ④ 午时：中午前后。 ⑤ 晚禾：泛指秋熟庄稼。 ⑥ 畦(qí)：田垄。 ⑦ 驿

楼：即驿亭。宫树：屋旁之树。宫，房屋的通称，此处复指驿楼。

翻译

候吏站在水边，

农家连着竹溪。

枫林里传来社日祭神的鼓声，

茅屋里响起中午时分的鸡啼。

喜鹊在晚庄稼里鸣叫，

蝴蝶在秋草垅上翩飞。

在靠近驿亭的树下，

疲马在不住地长嘶。

八月十五夜玩月

此诗咏中秋月色，却不点出“中秋”二字，全从侧面写来，而中秋明月之清光万里，的然可见。中四句细写秋夜景象，颇为贴切。元人方回誉之为“绝妙无敌”（《瀛奎律髓》）。玩月：即赏月。

天将今夜月，　一遍洗寰瀛①。
暑退九霄净②，秋澄万景清。
星辰让光彩，　风露发晶英③。
能变人间世，　翛然是玉京④。

---

① 寰瀛(huán yíng)：即寰海，指天下。　② 九霄：九天云霄，指高空。　③ 晶英：光辉明亮。　④ 翛(xiāo)然：无拘无束，自由自在。玉京：天上神仙宫殿。

翻译

老天用今夜的月光，
把天下洗刷了一遍。

暑热消退，天空非常明净，
秋夜清朗，景物十分澄鲜。
星辰让出了自己的光彩，
露珠儿在秋风中反射出亮光闪闪。
中秋的明月能够改变人间世界，
自由自在就像是神仙都城景观！

秋中暑退赠乐天

此为秋日暑退有感之作。首二句写秋日暑气未消；三四句写人情向菊而风意摧兰，比兴深微，甚得秋日情韵；五六句由秋日而思及“岁稔”与“天凉”，极饶家国之慨；末二句以老年自在之乐相慰，点“乐天”之赠，见莫逆之友。

暑服宜秋着①，清琴入夜弹。
人情皆向菊， 风意欲摧兰。
岁稔贫心泰②，天凉病体安。
相逢取次第③，却甚少年欢。

---

① 暑服：暑夏衣服。这句指入秋暑服未脱，秋天炎热，俗称“秋老虎”。 ② 岁稔(rěn)：丰年。泰：安宁。 ③ 取：得。次第：次序前后。这句是说两人见面谈论彼此生活，身心状况，谁更好些。

翻译

夏天衣服适宜在秋天里穿，

清高的琴声要到夜晚来弹。

人情都向往秋天菊花开放，

秋风本意却是把兰草摧残。

丰收年成使贫苦的百姓心情安宁，

天气凉爽让患病的身体觉得平安。

我们相见时比一比保养身心的次第，

心情却会比青年人更加喜欢！

荆门道怀古

“永贞革新”失败后，刘禹锡“出为连州，途次荆南”（《子刘子自传》），经南国山川，思前朝旧事，感自身流落，故有此怀古之作。清人纪昀赞它“五六（句）新警，结（句）不入套”（《瀛奎律髓》批语）。用典故出新意，耐人寻味。荆州：今湖北江陵，古楚国郢都，南朝梁元帝曾迁都于此。

南国山川旧帝畿①，宋台梁馆尚依稀②。
马嘶古道行人歇，　麦秀空城野雉飞③。
风吹落叶填宫井，　火入荒陵化宝衣④。
徒使词臣庾开府⑤，咸阳终日苦思归⑥。

---

① 帝畿（jī）：京城地区。　② 宋台梁馆：泛指南朝的建筑物。　③ 麦秀：麦子吐穗扬花。据《史记·宋微子世家》载：商朝亡后，箕子过故殷墟，见宫殿毁坏，长满禾黍，感而作《麦秀》诗云“麦秀渐渐兮，禾黍油油”，兴起亡国感慨。此用其意。野雉（zhì）：野鸡。　④ 荒陵：荒了的陵墓。宝衣：帝王死后随葬的珍贵衣服。指金缕玉衣之类。　⑤ 词臣：文学侍从之臣。庾（yǔ）开府：庾信，字子山。始在梁朝为官，后奉命使西魏，被强留在北方，历仕西魏、北周二朝，官至骠

骑大将军、开府仪同三司，世称庾开府。后期诗文多身世之感和乡国之思。 ⑥咸阳：秦国国都，这里指西魏和北周时的都城长安。末二句是说庾信在北朝虽然官至开府，却是个文学侍从官员，他的故国梁朝虽然已经灭亡，但思念故国之情不绝。

翻译

这一带南国山川是从前的京城地区，
南朝的亭台楼馆还依稀存在。
古道上，行人歇息，马儿嘶鸣，
空城里，麦子吐穗，野雉乱飞；
风吹落叶填满了旧朝宫井，
火入荒陵焚化掉衣饰宝贝。
徒然使那位拘留北朝的词臣庾信，
还在咸阳苦苦思念故国而想归来。

哭吕衡州，时予方谪居

吕衡州即吕温，曾任衡州刺史，故名。刘禹锡十分推许他，说他讲究“王霸富强之术”，精通治国之道，很有政治才能。“永贞革新”失败后，刘禹锡、柳宗元等八人都被贬为远州司马，吕温因当时出使吐蕃未归，幸免贬黜。后来终因受别人牵连而被贬为道州刺史，随后又因在道州任上政绩显著，改任衡州刺史。在四十岁时，病逝于衡州任上。刘禹锡此诗作于朗州司马任上。诗中盛赞吕温怀抱济世安民的才略，惋惜他不幸早逝，表示自己谪居期满后，要为他重写一篇碑文，以表彰他的不朽功绩。清人方东树评云：“起(句)突写其卒，中有哭意。五六(句)略展笔换气。”(《昭昧詹言》)

一夜霜风凋玉芝①，苍生望绝士林悲②。
空怀济世安人略③，不见男婚女嫁时。
遗草一函归太史④，旅坟三尺近要离⑤。
朔方徙岁行当满⑥，欲为君刊第二碑⑦。

---

① 霜风：秋风。玉芝：传说中的仙草，比喻吕温是非凡人物。
② 苍生：百姓。士林：指有声望的文士们。 ③ 安人：即安民。唐时因避唐太宗李世民之讳，改“民”为“人”。 ④ 遗草：遗稿。一函：

一套，一匣。归太史：交给太史收藏。 ⑤ 旅坟：是说吕温葬于异乡。要（yāo）离：春秋时刺客，受吴国公子光（后之吴王阖闾）所用，派去卫国谋刺政敌吴王僚之子庆忌。庆忌被刺死后，要离亦自杀，死后葬于江陵。古人大多认为要离刺庆忌是一种舍身为国的侠义行为，故诗中以“旅坟三尺近要离”赞誉吕温同样为国忘身。《后汉书·逸民传》载，高士梁鸿死后，人们为求葬他于要离冢旁，都说：“要离烈士，而伯鸾（梁鸿的字）清高，可令相近。”本诗亦有以梁鸿誉吕温之意。 ⑥“朔方”二句：朔方：汉郡名，治所在今内蒙古杭锦旗北。徙（xǐ）岁：贬谪的岁月。 ⑦ 刊：刻。第二碑：重刻的墓碑。此二句用东汉蔡邕故事。蔡邕是东汉著名作家、学者，曾亲自书写六经文字，刻碑立于太学，又善作墓志铭文。汉灵帝时，他曾被诬陷贬徙朔方，“不得以赦令除”（《后汉书·蔡邕传》）。这里以蔡邕自喻，是说自己贬黜归来后，要为吕温重新撰刻碑传，光大其事。

翻译

一夜之间，西风吹凋了玉芝，

老百姓绝望了，文士们十分伤悲。

你徒然怀抱治世安民的才略，

却没有看见儿女们嫁娶时刻到来。

你留下的一套文稿，应该交给太史收藏，

你葬在异乡的孤坟，要与要离之墓并排。

像蔡邕那样，我的贬谪岁月终有到头之日，

那时，我要为你重新撰刻一块丰碑！

汉寿城春望

汉寿城故址在今湖南常德东北,汉朝时曾是繁华的交通要道,隋朝开始荒废。诗中前六句极写汉寿城荒凉冷落之态,后二句则辩证地指出:事物是发展变化的,既然昔日的繁华可以转化为今日的荒凉,那么,今日的衰败也会转为他日的兴盛的。作者写此诗时,正被贬于朗州。诗中对未来充满了希望和乐观信心。

汉寿城边野草春, 荒祠古墓对荆榛①。
田中牧竖烧刍狗②, 陌上行人看石麟③。
华表半空经霹雳④, 碑文才见满埃尘⑤。
不知何日东瀛变⑥, 此地还成要路津⑦。

---

① 荒祠古墓:指伍子胥庙和楚平王墓。作者在诗题下自注:"古荆州刺史治亭(建亭子),其下有子胥庙兼楚王故坟。"子胥(xū):伍员,字子胥,春秋时楚国大夫。楚平王听信谗言,杀了伍员的父亲。伍员逃到吴国,后来率领吴兵攻入楚国都城。后又被吴王夫差逼令自杀。荆榛(zhēn):荆棘。 ② 牧竖:牧童。刍(chú)狗:用草编成的狗,作祭祀用,祭后即丢弃。 ③ 石麟:石头雕刻的麒麟,指古墓前

的石兽群。 ④ 华表：古代宫殿、陵墓前雕刻着花纹的石柱。半空：残存半截。 ⑤ 才见：仅见，依稀可见。 ⑥ 东瀛：东海。《神仙传·麻姑》载："麻姑谓王方平曰：自接侍以来，见东海三为桑田。"东瀛变，即沧海桑田之变。 ⑦ 要路津：重要的道路和渡口。此句意谓重新繁华。

翻译

春天来了，汉寿城边野草丛生，
那荒祠和古墓前面正长满荆榛。
田里的牧童烧化着丢弃的刍狗，
路上的行人在观看墓前的石麟。
经过雷电轰击，华表已经半毁，
由于积满灰尘，碑文仅可辨认。
不知什么时候又发生沧海桑田的变化呢，
到那时，这里又会成为南北交通的要津！

再授连州至衡阳酬柳柳州赠别

元和十年(815)二月,刘禹锡与柳宗元在被贬十年之后,同时被召回长安。三月,因受当时执政的武元衡等人的排挤,又同时被贬到更远的州郡去当刺史。柳宗元出为柳州刺史,刘禹锡则因写了《戏赠看花诸君子》一诗,而被贬到更为荒凉偏远的播州去。当时柳宗元考虑到刘禹锡母亲年老,播州偏僻,曾打算上书请求"以柳易播",与刘禹锡交换任所。后来裴度出力说情,刘改任连州刺史,柳仍赴柳州。四月,刘、柳二人同时离京南行,到衡阳分手。柳宗元写了《衡阳与梦得分路赠别》一诗,刘禹锡则写了本诗作为酬答。纪昀盛赞此诗"笔笔老健而深警,更胜子厚原唱"(《瀛奎律髓》)。

去国十年同赴召①**,渡湘千里又分歧**②**。**
重临事异黄丞相③**,三黜名惭柳士师**④**。**
归目并随回雁尽⑤**,愁肠正遇断猿时**⑥**。**
桂江东过连山下⑦**,相望长吟《有所思》**⑧**。**

---

① 去国:离开京城。国,指国都。 ② 分歧:在路口分别。 ③ 重

临:刘禹锡两次出任连州刺史(第一次未到任),故称。黄丞相:指黄霸。他是汉宣帝时丞相,为相前曾两度出任颍川太守,很得汉宣帝重用。刘禹锡则一再受贬,与黄霸的遭遇大不一样。 ④ 三黜(chù):三次被贬斥。柳士师:即柳下惠,姓展名禽,春秋时鲁国人,曾为狱官(即士师)。《论语·微子》:"柳下惠为士师,三黜。"此句以柳下惠比柳宗元。柳宗元先被贬为邵州刺史,未到,再贬为永州司马,这次召还后又被贬为柳州刺史,正是"三黜"。 ⑤ 回雁:衡阳有回雁峰,相传北雁南飞到此为止,遇春北归。 ⑥ 断猿:断续的猿声。猿声甚哀,古代民歌有"猿鸣三声泪沾裳"之句。 ⑦ 桂江:上游称漓江。借指柳宗元贬地。连山:在连州境内。借指刘禹锡贬地。桂江虽流入广东,但不经连山,诗人只是借此把柳州和连州联系起来。 ⑧《有所思》:古乐府篇名。这里只是用其字面意思。

翻译

我们离开长安十年之后,又一起被召赴京师,

渡过湘水,同行了千里,如今又要在路口分离。

再任连州,我可比不了汉代黄丞相的遭遇,

三次贬谪,我也愧不如你有贤士柳下惠清誉。

回头北望,直到大雁在天际消失;

愁肠百结,正好听到断续的猿啼。

桂江向东流过连山脚下,

像我们离别的相望,思念的长诗。

松滋渡望峡中

刘禹锡离开鄂州后，继续溯江而上。当他抵达松滋渡口时，遥望长江三峡，触景生情，写成这首怀古诗。此诗首二句写从渡口远望江水奔流而下的气势；三、四句写身临楚地而回忆楚国旧事；五、六句写巴蜀水险人愁；末二句因遥望而生联想，由巫山、巫峡而及永安宫、阳台山，自然也会进而想及巫山神女的传说。方东树评此诗云："起句松滋渡。以下七句，皆峡中景，有'望'字意。一直说去，大气直喷。"（《昭昧詹言》）松滋渡：在今湖北松滋西。

渡头轻雨洒寒梅，　云际溶溶雪水来①。
梦渚草长迷楚望②，　夷陵土黑有秦灰③。
巴人泪应猿声落④，　蜀客船从鸟道回⑤。
十二碧峰何处所⑥？　永安宫外是荒台⑦。

---

① 溶溶：水流动的样子。　② 梦渚：云梦泽中的小洲。楚望：远望楚国的山川。　③ 夷陵：楚国先王陵墓名，后作县名，地在今湖北宜昌境内。秦灰：秦军焚烧夷陵的灰烬。　④"巴人"句：古《巴东三峡

歌》有“巴东三峡巫峡长，猿鸣三声泪沾裳”句，“巴人”句即用此意。⑤ 鸟道：形容只有飞鸟才能通过的高峻险窄的山道。这里指三峡的曲折迂回。 ⑥ 十二碧峰：指重庆、湖北交界的巫山十二峰，其中以神女峰名最著。 ⑦ 永安宫：三国时刘备所建，故址在今重庆奉节。蜀章武二年(222)刘备伐吴兵败后病殁于此。荒台：指神女故事中的阳台(山)。宋玉《高唐赋序》载：楚襄王尝游高唐，梦一女子来欢会，自言“旦为朝云，暮为行雨，朝朝暮暮，阳台之下”。

翻译

微微的冷雨洒在渡口的寒梅上，
天边白云流动，好像雪花化水泻下来。
云梦泽中的洲渚上荒草长得遮盖了旧日的楚国山川，
楚夷陵一带的黑土里还有当年秦兵焚劫的余灰。
巴人的泪水随着哀猿的鸣声落下，
蜀客的船只沿着曲折的三峡返回。
青青的巫山十二峰在哪里呢？
那永安宫外的荒台大概就是传说中的阳台。

巫山神女庙

巫山十二峰以神女峰最为出名。自战国时期的辞赋家宋玉在《高唐赋》中记载了楚襄王梦会巫山神女之事后，后人附会，便在这里塑像立庙。此诗把眼前景物与神女传说合起来写，浮想联翩，描写细腻，亦景亦人，使人神往。

巫峰十二郁苍苍，　片石亭亭号女郎[①]。
晓雾乍开疑卷幔[②]，　山花欲谢似残妆。
星河好夜闻清佩[③]，　云雨归来带异香[④]。
何事神仙九天上，　人间来就楚襄王？

---

① 亭亭：高耸挺立。　② 幔：帐幕。　③ 清佩：指古代妇女佩饰在走路时发出的清亮声音。　④ 云雨：宋玉《高唐赋序》中记神女与楚襄王欢会，自言："旦为朝云，暮为行雨"，此用其意。

翻译

巫山十二峰郁郁苍苍，

一片山石亭亭玉立，人称是位女郎。
晓雾乍开，疑似她卷起纱幔，
山花欲谢，又像是她卸却残妆。
在星河灿烂的夜里，仿佛听到她的环珮声响；
在云雨归来的时候，仿佛闻到她身上的异香。
为什么你这位天上的神仙，
竟来到人间亲近楚襄王？

别夔州官吏

这是刘禹锡告别夔州时所写的一首诗。首二句写离开夔州。三、四句写州人送别。五、六句写夔州一带的景色;以景写情,表达依依惜别之意。末二句谦言愧无德政,只有《竹枝》数首,聊可留念;言外对自己模仿民歌创制的《竹枝词》颇为自豪。

三年楚国巴城守[①],　一去扬州扬子津[②]。
青帐联延喧驿步[③],　白头俯伛到江滨[④]。
巫山暮色常含雨,　峡水秋来不恐人[⑤]。
唯有《九歌》词数首[⑥],　里中留与赛蛮神[⑦]。

---

① 楚国:夔州古属楚国。巴城:指夔州。夔州在重庆东部,古属巴郡。　② 扬子津:古渡名。在今江苏扬州南,自古为长江重要渡口。刘禹锡前往和州,路经此地。　③ 青帐:青色的供帐。此指祖帐,即送别饯行之意。驿:驿站。　④ 白头:刘禹锡此时已年过半百,故称。俯伛(yǔ):低头弯背。　⑤ 不恐人:指秋天峡水平缓。⑥《九歌》:《楚辞》篇名。屈原流放沅湘间时所作,共十一篇。这里指代刘禹锡在夔州创制的十一首《竹枝词》。　⑦ 赛蛮神:指夔州当

地传统祭祀节令。古时酬神称“赛”;蛮神即蛮方之神。蛮方泛指南方,此指夔州一带。

翻译

我当了三年楚国巴城的太守,
立刻要离别去渡过扬州扬子津。
饯别的青帐联结延长到喧闹的驿站边,
我满头白发,低头弯腰,来到江滨。
巫山傍晚的景色里常常含雨,
三峡的流水在秋天不让人担心。
只有几首像《九歌》那样的歌词,
留在乡里中给人们酬唱蛮方之神。

自江陵沿流道中

长庆四年(824)秋天,刘禹锡赴任和州途中,经过江陵(今湖北江陵),写成此诗。首二句写江陵以东长江地段的重要性;中四句写江上所见,景中有情;末二句怀古,对古来名将表示景仰。

三千三百西江水[①]**,自古如今要路津。**
月夜歌谣有渔父[②]**,风天气色属商人**[③]。
沙村好处多逢寺, 山叶红时觉胜春[④]。
行到南朝征战地, 古来名将尽为神[⑤]。

① 三千三百:南朝民歌《懊侬歌》有“江陵去扬州,三千三百里”之句。这里借指从江陵出发。西江水:此指长江上游。 ② 渔父:渔翁。 ③ 属商人:是说来往的商人最关心江上的风色天气。 ④ 山叶:指枫叶一类红叶。 ⑤ 名将:指三国时吴国名将陆逊、甘宁。刘禹锡诗末自注云:“陆逊、甘宁皆有祠宇。”

翻译

从江陵到扬州三千三百里长江水，
自古以来就是水路交通的重要地方。
月明之夜，渔翁在吟唱歌谣，
商人最关心江上天气风色的情况。
沙岸上、村落里的好地方大多遇见寺院，
山叶红时使人觉得秋色胜于春光。
每当经过南朝的旧战场，
发现古来的名将都成了神仙模样。

西塞山怀古

西塞山在今湖北黄石市东郊，俯视长江，形势险要，是三国时吴国的西部要塞。长庆四年(824)秋，刘禹锡在赴和州途中，经过西塞山，有感于当时藩镇割据，写成这首怀古诗，以表达四海一家的强烈愿望。此诗前四句写西晋大将王濬率水师东下，一举灭吴的磅礴气势；后四句由东吴覆灭而联想到包括东吴在内的六朝相继灭亡的历史教训，指出地利不足恃，"王气"不足凭，分裂割据是不能持久的。据说当时同作的尚有白居易、元稹等人，刘的诗先成，白居易看后说："大家探骊龙，他已先得龙珠，其余所得，不过鳞爪罢了。"于是大家便都搁笔。其事或不必确，但可见此诗的成就。

王濬楼船下益州①，金陵王气黯然收②。

千寻铁锁沉江底③，一片降幡出石头④。

人世几回伤往事⑤，山形依旧枕寒流⑥。

今逢四海为家日⑦，故垒萧萧芦荻秋⑧。

① 王濬(jùn)：西晋益州(今四川成都)刺史。楼船：高大的战船。晋

武帝咸宁五年(279)冬,大举伐吴,王濬率水师下巴蜀。此指其事。②金陵:东吴国都,今江苏南京。王气:指风水有帝王的气数。此指东吴的命运。黯(àn)然:暗淡无光。收:消失。 ③寻:古代长度单位,一寻为八尺。铁锁:东吴曾在长江险要地段用铁锁链修筑拦江工事。王濬以火烧断铁锁,顺流东下,直捣金陵。 ④降幡(fān):降旗。石头:石头城,即金陵。 ⑤往事:指由东吴而及东晋、宋、齐、梁、陈等六朝相继灭亡的史实。 ⑥枕:临靠。寒流:指长江流水。 ⑦四海为家:即四海一家,指国家统一。 ⑧芦荻:芦苇和荻,都是长于水边的植物,秋天开花。

翻译

当王濬统率战船从益州东下,

金陵的王气就黯然消失。

拦江的千寻铁锁沉到了江底,

石头城上竖起了一片降旗。

人世间经历了多少回兴亡盛衰,

西塞山却依旧临江而峙。

今日遇上了四海一家的太平年代,

但是从前的营垒还在秋风萧瑟的芦苇丛里。

酬乐天扬州初逢席上见赠

宝历二年(826)冬，刘禹锡北归洛阳，路过扬州，与白居易相遇。白居易在宴席上写了《醉赠刘二十八使君》相赠，对他长期被贬的遭遇表示同情，刘即写此诗作答。诗中叙述自己的不幸遭遇，悼念已故的旧友，感激白居易的慰藉。全诗在伤感中深含愤激之情。其中“沉舟侧畔千帆过，病树前头万木春”二句，白居易曾誉之为“神妙”。本来，作者原意是以“沉舟”、“病树”自喻的，但今人引用这两句时，则已赋予了全新的意思，用来表示新生事物一定能代替日渐衰亡的旧事物。

巴山楚水凄凉地①，二十三年弃置身②。
怀旧空吟闻笛赋③，到乡翻似烂柯人④。
沉舟侧畔千帆过，病树前头万木春。
今日听君歌一曲，暂凭杯酒长精神⑤。

---

① 巴山楚水：今四川东部及重庆、湖南、湖北、安徽一带。诗中指作者被贬之朗州、夔州、和州等地。 ② 弃置：指被贬谪。 ③ 闻笛赋：指晋朝向秀的《思旧赋》。向秀与嵇康、吕安二人友善。嵇、吕因

不满司马昭的统治而被杀。后来向秀经过嵇、吕二人的旧居，听到邻人吹笛，感音悲叹，因而写成《思旧赋》，以表哀悼。由于这篇赋的正文及序中都有闻笛的叙述，故诗中称"闻笛赋"。 ④ 烂柯人：烂了斧柄的人。《述异记》载："晋王质入山采樵，见二童子对弈。童子与质一物，如枣核，食之不饥。局终，童子指示曰：'汝柯烂矣。'质归乡里，已及百年。"此用其事，以烂柯人自喻。 ⑤ 凭：凭借。长：增长，振作。

翻译

巴山楚水，那令人凄凉地方，
整整二十三年，我被抛弃在那里。
怀念故友，我只能徒然吟诵《思旧赋》，
回到故乡，我反而像那个烂斧柄的砍柴人。
在沉舟旁边，千帆正争相竞发，
在病树前面，万木却充满生机。
今日听到您为我唱一首歌，
让我暂借这杯酒来把精神振起。

乐天见示伤微之、敦诗、晦叔三君子，皆有深分，因成是诗以寄

此诗作于大和七年(833)。从大和五年到大和七年，元稹(微之)、崔群(敦诗)、崔玄亮(晦叔)三人相继去世。这三人既是白居易的好友，也是刘禹锡的好友，所以当白居易写了两首表示哀挽的绝句寄赠刘禹锡时，刘读后很有同感，便写了此诗作答。此诗以伤感情调为主，但“芳林新叶催陈叶，流水前波让后波”二句，能从伤感中振起，揭示出新陈代谢的自然规律，写得很有哲理，是刘诗中的名句。深分：深厚的情分。因：于是。是诗：此诗。

吟君叹逝双绝句①，使我伤怀奏短歌②。
世上空惊故人少③，集中唯觉祭文多④。
芳林新叶催陈叶⑤，流水前波让后波。
万古到今同此恨，闻琴泪尽欲如何⑥！

---

① 叹逝：悲叹逝者。 ② 伤怀：心中哀痛。短歌：指本诗。 ③ 空：徒然。 ④ 集：指文集。 ⑤ 芳林：长满花草的树林。陈叶：枯叶。⑥ 闻琴泪尽：听到琴声而流尽眼泪。这里用以指伤怀亡友。战国

时，孟尝君闻雍门子周鼓琴而泪下。晋时王徽之闻弟王献之死，索献之琴而弹之，竟不成调，乃慨叹“人琴俱亡”。这里可能括用此二意。

翻译

吟诵起您哀悼亡友的两首绝句，
使我心中悲伤地写成这首短歌。
我徒然惊叹世上的老朋友越来越少，
只觉得文集中的祭文却越来越多。
芳林中新叶不断催换着旧叶，
流水里前波总是让位给后波。
从古到今，人人都有哀悼死者的憾事，
您即使为亡友流尽眼泪，又将如何？

奉送浙西李仆射相公赴镇

李仆射相公即李德裕，于大和八年(834)第二次出任浙西观察使。刘禹锡在诗题下注云：“奉送至临泉驿，书礼见征拙诗，时在汝州。”说明李德裕赴浙西时曾路经汝州，刘禹锡送至临泉驿。后李向刘索诗，刘便写了此诗相报。诗中以两任颍川太守的黄霸和两任并州牧的郭伋相比，极表称颂之意。末二句谦言自己无才，不得入平津阁，有期待李德裕荐拔之意。李德裕是中唐时期的杰出宰相，很有政绩。

建节东行是旧游[1]，欢声喜气满吴州[2]。
郡人重得黄丞相[3]，童子争迎郭细侯[4]。
诏下初辞温室树[5]，梦中先到景阳楼[6]。
自怜不识平津阁[7]，遥望旌旗汝水头[8]。

---

① 建节：执持符节。节，符节，古代使臣执此以示征信。 ② 吴州：即苏州。唐贞元年间以后浙西辖境包括润、苏、常、杭、湖、睦六州。③ 黄丞相：即黄霸，西汉人。曾两任颍川太守，政绩卓著，后为丞相。④ 郭细侯：即郭伋，东汉人。曾两任并州牧。初任时很有政绩，故再

任时，所至县邑，老幼相携，逢迎道路。至西河美稷（在今内蒙古境内），有儿童数百，各骑竹马于道旁列队迎拜。 ⑤ 诏：诏书，指皇帝颁发的命令文告。温室树：温室殿中之树。汉长乐宫、未央宫皆有温室殿。 ⑥ 景阳楼：南齐武帝时的宫中楼阁，上置景阳钟。此二句谓李德裕刚奉诏离京就梦回宫中，以誉其梦寐不忘君。 ⑦ 平津阁：即平津邸。汉丞相公孙弘被封为平津侯，常开东阁以待贤士。此指李德裕之衙署。 ⑧ 汝水：即汝河，流经河南汝州。刘禹锡时任汝州刺史。

翻译

您持节东行，再次出任浙西观察使，
消息传来，欢声喜气顿时充满吴州。
郡人像重新得到黄霸一样地高兴，
童子像欢迎郭伋重来，在道旁拜候。
您刚刚奉诏离京，与温室殿告别，
梦中就立即回到了景阳楼。
可惜我不是贤才，得不到您开东阁接待，
只好站在汝水头，遥向您的旌旗招手。

始闻秋风

这诗约写于开成元年(836)后。刘从这年开始患足疾,以后一直疾病缠身,所以末句说“为君扶病上高台”。此诗因秋风而寄意,后半首尤佳。方回《瀛奎律髓》把此诗归在赵嘏名下,纪昀批评说:“赵之魄力尚不能及此,以诗格考之,归刘禹锡为是。后半(首)顾盼非常,极为雄阔。”

昔看黄菊与君别[①],今听玄蝉我却回[②]。
五夜飕飗枕前觉[③],一年颜状镜中来[④]。
马思边草拳毛动[⑤],雕盼青云睡眼开[⑥]。
天地肃清堪四望[⑦],为君扶病上高台。

---

① 君:与末句“君”,都指秋风。 ② 玄蝉:即寒蝉。 ③ 五夜:五更。飕飗(sōu liú):风声。 ④ 颜状:容貌。 ⑤ 边草:边塞的野草。拳毛:卷曲的毛。 ⑥ 雕:一种猛禽。栖息时常常闭眼欲睡。 ⑦ 肃清:秋高气爽。

翻译

去年观赏菊花时我和秋风分别，

现在寒蝉鸣叫，我又返回。

五更时分，秋风起了，把我从睡梦中惊醒，

一年间的容貌变化，可以从镜中反映出来。

战马因思念边草而拳毛抖动，

大雕因盼望青云而把睡眼睁开。

秋高气爽，正是登临远望的好时节，

为了你的到来，我抱病登上高台。

学阮公体（三首选一）

阮公，即阮籍；阮公体，指阮籍的五言《咏怀》诗体。阮籍是魏晋之际的著名诗人，他不满司马氏的高压统治，常以隐晦曲折的手法为诗，以表达忧国伤时的苦闷。刘禹锡在"永贞革新"失败后，境遇与当年阮籍相似，故有意仿效阮籍的《咏怀》诗，来表现自己的愤懑之情。这里选的是第二首。此诗以肃杀的衰节能激励鹰骥壮心，表示自己虽处逆境却壮心不已。其中三、五句承一句发挥，写老骥；四、六句承二句发挥，写鸷禽。结构细密。

朔风悲老骥[1]，秋霜动鸷禽[2]。
出门有远道，平野多层阴[3]。
灭没驰绝塞[4]，振迅拂华林[5]。
不因感衰节[6]，安能激壮心？

---

① 朔风：北风。骥（jì）：良马。 ② 动：引动、触动。鸷（zhì）禽：指鹰雕一类猛禽。 ③ 平野：辽阔的原野。层阴：重重阴云。 ④ 灭没：消失。绝塞：极远的边塞。 ⑤ 振迅：展翅疾飞。华林：繁茂的树林。 ⑥ 衰节：指深秋草木衰落季节。

翻译

朔风使得老骥悲鸣昂奋，
秋霜引动鸷禽展翅入云。
老骥出门奔驰的道路十分遥远，
鸷禽翱翔的平野上空布满层阴。
老骥奔驰，消失在遥远的边塞，
鸷禽疾飞，掠过繁茂的树林。
如果不是深秋季节的触动，
怎能激发起它们的壮志雄心？

昏镜词并引

这是刘禹锡被贬朗州期间所写的一首讽喻诗。它以陋容者喜欢昏镜而鄙弃明镜的现象，来讽刺当朝统治者宠信谄佞，放逐贤能的昏庸腐败的行为。诗中讽刺的矛头主要不是指向“昏镜”，而是指向“陋容者”，也就是昏庸的执政者身上的。

镜之工列十镜于贾奁[①]，发奁而视，其一皎如[②]，其九雾如。或曰[③]：“良苦之不侔甚矣[④]。”工解颐谢曰[⑤]：“非不能尽良也，盖贾之意[⑥]，唯售是念[⑦]。今来市者[⑧]，必历鉴周睐[⑨]，求与己宜。彼皎者，不能隐芒杪之瑕[⑩]，非美容不合，是用什一其数也[⑪]。”予感之，作《昏镜词》。

昏镜非美金[⑫]，漠然丧其晶[⑬]。
陋容多自欺，　谓若他镜明。
瑕疵既不见[⑭]，妍态随意生[⑮]。
一日四五照，　自言美倾城[⑯]。
饰带以纹绣，　装匣以琼瑛[⑰]。

秦宫岂不重[18]？非适乃为轻。

---

① 镜之工：磨制镜子的工匠。贾奁（gǔ lián）：售货匣子。 ② 皎如：像月光似的明亮。下句的“雾如”，即像雾似的迷蒙。 ③ 或曰：有人说。 ④ 良苦：好和不好。不侔（móu）：不相等，即相差。整句意思是：好和坏相差太大了。 ⑤ 解颐：面上露出笑容。颐，面颊。⑥ 盖：发语词，无义；有时近似“大概”的意思。贾（gǔ）：商人。⑦ 唯售是念：即“唯念售”，意思是：只想把东西卖出去。 ⑧ 市者：买东西的人。 ⑨ 历鉴周睐：逐个镜子拿来照，反复地左顾右盼。鉴，照。睐（lài），看。 ⑩ 芒杪（miǎo）：指麦芒和树梢，表示细小之意。瑕（xiá）：玉石上的斑点。 ⑪ 是用：是以，即因此。什（shí）一：十分之一。 ⑫ 美金：优质金属，指青铜。 ⑬ 漠然：昏暗模糊。丧：失去。晶：光泽。 ⑭ 瑕疵：毛病。 ⑮ 妍态：美丽形态。⑯ 倾城：比喻相貌很美。语出《汉书·李夫人传》：“一顾倾人城，再顾倾人国。” ⑰ 琼瑛：美玉。 ⑱ 秦宫：咸阳宫。这里指咸阳宫里的宝镜。传说这宝镜能照见人的五脏六腑。事见《西京杂记》。

翻译

制镜工匠把十面镜子放在售货匣子里，打开匣子来看，只见其中一面像月光似的明亮，另外九面却像雾一样迷蒙。有人说：“这些镜子的优劣相差太大了。”镜匠面露笑容说：“我并非不能把全部镜子都制成优质的。但是商人的意思，只是考虑把镜子卖出去。而现在来买镜子的，一定要把所有的镜子逐个照过，选取一面对自己合适的来买。那些明亮的镜子，无法隐藏微小的瑕疵，如果不是漂亮的人，是不会选上它的，所以制作明镜只能占十分之一。”我对镜匠这番话很有感触，所以写下这首《昏镜词》。

昏镜不是用优质的青铜所制，
它模糊不清，光泽已经消失。
容貌丑陋的人往往自欺欺人，
说这昏镜竟与其他明镜无异。
在昏镜中既看不见自己的缺陷，
就可以随心想象自己是如何美丽。
陋容者一日照它四五次，
自以为漂亮得全城人都倾慕不已。
他用有花纹的锦绣制成这镜带，
又用美玉做的匣子来盛放这镜子。
像秦宫宝镜那样的明镜难道不贵重吗？
但因它不合心意，反而被陋容者所弃。

磨镜篇

此诗与《昏镜词》同是写于朗州期间，两诗可对照着看。《昏镜词》写了昏镜被陋容者当作宝贝来对待；《磨镜篇》则写了明镜被流尘封翳，瓦砾唐突，对比十分鲜明。刘禹锡在这首诗里，把自己比作暂时蒙尘的宝镜，坚信有朝一日会重放光辉，充分表现了一个政治革新者虽遭贬逐仍然顽强不屈的斗争精神。

流尘翳明镜[①]，岁久看如漆。
门前负局生[②]，为我一磨拂。
萍开绿池满，晕尽金波溢[③]。
白日照空心[④]，圆光走幽室[⑤]。
山神袄气沮[⑥]，野魅真形出[⑦]。
却思未磨时，瓦砾来唐突[⑧]。

---

① 翳(yì)：遮掩。 ② 负局生：负局先生。《列仙传》载，有一个名叫负局先生的，为人磨镜，并赠丸药给人治病，病者食之即愈。此处即以负局生代磨镜人。 ③ 晕(yùn)：日月周围的光圈，这里指月晕。金波：指月光。 ④ 空心：澄明清亮的镜心。 ⑤ 圆光：圆镜所反

射出的光辉。走：游动。幽：暗。 ⑥ 祆：同"妖"。沮（jǔ）：沮丧，败坏。 ⑦ 野魅（mèi）：山野怪物。 ⑧ 唐突：冒犯。

翻译

流尘遮蔽了明镜，使它变得昏暗，
时间长了，望上去就像涂了一层厚漆。
门前来了一个磨镜人，
替我把镜子磨擦拂拭。
像拨开浮萍，露出满池碧水，
又像散尽月晕，使得金光四溢。
太阳照在清亮的镜心上，
反射出一轮光辉，游动在暗室。
山神在它照射下收敛了妖气，
野魅在它面前现出了原形。
回想这铜镜未磨之前，
人们却把它当作是无用的瓦砾。

插田歌并引

此诗作于刘禹锡出任连州刺史期间，前半写岭南农民的田间生活情趣，后半写计吏和农民的对话。作者站在农民一边，鞭挞了行贿买官的计吏，揭露了朝廷的弊政。沈德潜说："前状插田唱歌如闻其声，后状计吏问答如绘其形。"(《唐诗别裁》)

连州城下，俯接村墟。偶登郡楼，适有所感。遂书其事为俚歌[1]，以俟采诗者[2]。

冈头花草齐，燕子东西飞。田塍望如线[3]，白水光参差。农妇白纻裙[4]，农夫绿蓑衣。齐唱田中歌，嘤咛如《竹枝》[5]。但闻怨响音，不辨俚语词[6]。时时一大笑，此必相嘲嗤。水平苗漠漠[7]，烟火生墟落。黄犬往复还，赤鸡鸣且啄。路傍谁家郎？乌帽衫袖长。自言上计吏[8]，年初离帝乡[9]。田夫语计吏："君家侬定谙[10]。一来长安罢，眼大不相参[11]。"计吏笑致辞："长安真大处。省门高轲峨[12]，侬入无度数。昨来补卫士，

唯用筒竹布[13]。君看二三年，我作官人去。”

---

① 俚歌：民间歌谣。此指《插田歌》。 ② 以俟(sì)采诗者：用来等待采诗官员搜集。 ③ 田塍(chéng)：田埂。 ④ 白纻(zhù)裙：白麻布做的裙子。 ⑤ 嘤咛：声音细微不断，如鸟鸣般悦耳。《竹枝》：即竹枝词。 ⑥ 俚语词：指方言歌词。 ⑦ 漠漠：密布。 ⑧ 上计吏：又称计吏，是地方官派往京城上缴物资、接洽公事的小吏。 ⑨ 帝乡：皇帝居住的地方，指京城长安。 ⑩ 侬：我。谙(ān)：熟悉。 ⑪ 相参：相与。这句意思是：你眼界大了，不和我们来往了。 ⑫ 省门：宫禁或官署之门。这里泛指京城衙门。轲峨：高耸。 ⑬ 筒竹布：指一筒竹布。竹布是岭南名产，是当时贡品之一。

翻译

连州城下，俯接着村落。我偶然登上城楼，正好有所感受，于是便把所感的内容写成民间歌谣，以等待那些采诗的人来收集。

土冈上花草一片，
燕子在东飞西飞。
远望田埂像一条条直线，
明净的水田闪光生辉。
农妇穿上白纻裙，

农夫披上绿蓑衣。

他们一齐唱起劳动的歌曲，

声音细微悠长像是竹枝词。

只能听出这些方言歌音调哀怨，

却听不懂歌词的意思。

他们常常发出一阵阵大笑声，

想必是彼此嘲弄笑嬉。

平平的水田已插满了秧苗，

袅袅的炊烟正从村落升起。

黄狗在不停地跑来跑去，

红公鸡一边高叫一边啄食。

路旁那个人是谁家的小伙子啊，

头戴乌纱帽，身穿长袖衣。

他自称是上计吏，

年初刚刚离开京师。

农夫对计吏说：

“我很清楚你家的底细。

你去了一趟长安之后，

眼界大了，就装作和我们不认识。”

计吏边笑边自夸：

“长安地方真是大。

那里的官府衙门高大威严，

我曾经多次进出啦!

近来我补了一个卫士缺额,

只花了一筒竹布的代价。

你看我再过两三年,

就要去做大官啦!”

连州腊日观莫猺猎西山

连州治所在今广东连县，是唐代莫猺族（即瑶族）聚居之地。此诗是刘禹锡在连州刺史任上之作。诗中对瑶族兄弟的一次围猎活动作了生动的描绘，从出猎时的声势气氛，写到打猎时的击钲、摇旗、张网、嗾犬、鹰飞、麏跑、鹘死、雉亡，以及打猎后的暮归、笳鸣。腊日：古时岁终祭祀百神之日，在每年农历十二月初八日进行。

海天杀气薄①，蛮军部伍嚣②。

林红叶尽变，原黑草初烧。

围合繁钲息③，禽兴大旆摇④。

张罗依道口⑤，嗾犬上山腰⑥。

猜鹰虑奋迅⑦，惊麏时蹋跳⑧。

瘴云四面起⑨，腊雪半空消⑩。

箭头馀鹘血⑪，鞍旁见雉翘⑫。

日暮还城邑⑬，金笳发丽谯⑭。

---

① 薄：逼近。 ② 蛮军：莫猺人的打猎队伍。蛮，古代对南方各族

的泛称。 ③ 钲(zhēng)：古代乐器。形似钟而狭长，有长柄可执，口向上以物击之而鸣。行军时用以节止步伐。 ④ 兴：起，这里指飞起。旆(pèi)：泛指旌旗。 ⑤ 张罗：张网。 ⑥ 嗾(sǒu)：赶狗的声音。 ⑦ 猜：猜疑惊惧。虑：思考，想。奋迅：指展翅疾飞。 ⑧ 麕(jūn)：同“麇”，即獐。跼跳(jú tiáo)：曲身奔逃。 ⑨ 瘴(zhàng)云：即瘴气。旧指南方山林间湿热蒸郁致人疾病之气。这里指烧山时升起的烟雾。 ⑩ 腊雪：腊前之雪。 ⑪ 鹄(hú)：即天鹅。 ⑫ 见：音义同“现”。雉(zhì)：俗称野鸡。翘：鸟尾的长羽毛。 ⑬ 城邑(yì)：指瑶寨。 ⑭ 金笳：指军号。丽谯(qiáo)：壮美的高楼，指瑶楼。

翻译

连天接海的杀气向西山逼近，
莫徭人的队伍声响喧嚣。
树林被烧红了，叶子都变了颜色，
地上一片焦黑，野草刚刚被烧。
包围圈缩紧，繁密的钲声便停了下来，
大旗不断摇动，使得禽鸟惊飞狂叫。
他们傍着路口张开大网，
又嗾使猎犬扑上山腰。
疑惧的大鹰想赶快飞走，
受惊的獐子不停地挣扎逃跑。

瘴气像烟雾一样从四面升起，

腊月的雪花在半空中融消。

他们的箭头留有天鹅的血迹，

鞍旁露出野鸡尾部的羽毛。

傍晚打猎队伍回到瑶寨的时候，

寨楼上的金笳响起了阵阵优美的曲调。

重至衡阳伤柳仪曹并引

元和十四年(819),刘禹锡年近九十的老母去世,他扶柩返洛阳守丧。十一月途经衡阳,突然接到柳宗元的死讯,刘精神上受到极大的打击,竟至“惊号大叫,如得狂病”(《祭柳员外文》)。这诗抒写当时的悲伤心情,前四句写当年依依惜别,后四句写重临旧地,故人长逝。

元和乙未岁[①],与故人柳子厚临湘水为别。柳浮舟适柳州[②],余登陆赴连州。后五年,余从故道出桂岭[③],至前别处,而君没于南中[④],因赋诗以投吊[⑤]。

忆昨与故人，　湘江岸头别。
我马映林嘶[⑥]，　君帆转山灭。
马嘶循故道，　帆灭如流电[⑦]。
千里江蓠春[⑧]，　故人今不见。

---

① 元和乙未岁:即元和十年(815)。　② 浮舟:乘船。适:到、往。

③ 桂岭：在湖南临武北三十里。又名香花岭。从连州到衡阳所经之地。 ④ 没于南中：逝世在南方。 ⑤ 投吊：投诗吊慰，表示悼念。吊，哀悼。 ⑥ 映：遮蔽。嘶（sī）：马鸣。 ⑦ 流电：喻迅速。 ⑧ 江蓠（lí）：香草名，生于南方水边。

翻译

元和十年，我与老朋友柳子厚在湘水边分别。柳乘船到柳州，我从陆路去连州。五年后，我从旧路出桂岭，来到从前分手的地方，而柳君已在南方逝世，于是作诗以表悼念。

回忆昨日与老朋友，
分别在湘江岸边。
我的马隔着树林不住嘶鸣，
您的船转过山后就已经不见。
现在我的马又沿着旧路边鸣边走，
但您的船却像永远消失的闪电。
眼前虽是千里江蓠，一片春色，
但老朋友却再也无法看见。

秋江早发

长庆四年(824)夏，刘禹锡从夔州赴和州刺史任。诗人这年五十三岁。他站在船头，纵目四望，只见霞霁秋江，空气清爽，禁不住即景吟哦，胸襟为之一畅。

轻阴迎晓日①，霞霁秋江明②。
草树含远思③，襟怀有馀清。
凝睇万象起④，朗吟孤愤平⑤。
渚鸿未矫翼⑥，而我已遐征。
因思市朝人⑦，方听晨鸡鸣。
昏昏恋衾枕，安见天地英⑧？
纳爽耳目变⑨，玩奇筋骨轻⑩。
沧洲有奇趣⑪，浩荡吾将行！

---

① 轻阴：薄云。 ② 霁(jì)：雨过天晴。霞霁：指霞彩消失。 ③ 远思(sì)：幽远的思绪。 ④ 凝睇(dì)：注目而视。 ⑤ 孤愤：不获知遇的忠愤情怀。平：平和。 ⑥ 渚鸿：沙洲上的大雁。矫翼：展翅飞翔。 ⑦ 市朝：争名争利的场所。语出《战国策·秦策》："臣闻争名者于朝，争利者于市。" ⑧ 英：精英。 ⑨ 纳：吸收。爽：指清新的

空气。 ⑩ 奇：指奇景。 ⑪ 沧洲：江湖山水的意思。

翻译

淡云迎着初升的红日飘荡，
早霞消失后秋江一片明净。
草木含着旷远的情思，
胸中觉得十分清新。
我凝神注视着万千气象，
朗朗吟咏，忠愤的情怀变得和平。
沙洲上的大雁还未起飞，
而我却已经开始远征。
我由此想到那些争名争利的人，
他们现在才听到晨鸡的啼鸣。
他们昏昏沉沉地迷恋着衾枕，
哪能看到天地间的美景？
呼吸清爽的空气使人目明耳聪，
赏玩奇丽的景色使人筋骨松轻。
江湖山水有奇妙的情趣，
我将乘风破浪浩荡前行！

月夜忆乐天，兼寄微之

这诗写于大和三年(829)。当时,刘禹锡在长安,白居易(乐天)在洛阳,元稹(微之)在越州(治所在今浙江绍兴)。此诗借长安望月,以寄怀远方好友。

今夜帝城月，　一望雪相似。
遥想洛阳城，　清光正如此①。
知君当此夕，　亦望镜湖水②。
展转相忆心③，　月明千万里。

① 清光:指月光。　② 镜湖:越州境内的一个湖。　③ 展转:即辗转。形容忧思萦牵的样子。

翻译

今晚京城的月色明亮。
望去就像白雪一样皎洁。
遥想洛阳城里,
月光必定也和这里相似。

我知道您在这一夜里，

也会在月下遥望镜湖，思念着元微之。

我们彼此萦念的心情是相通的，

正像这月光能照遍千里万里。

曲江春望

曲江，即曲江池，在今陕西西安市东南。有河水水流曲折，故称曲江。开元年间经疏凿后，成为京都人士节日游赏之地。作者在结束长期贬谪生活后重返京城，本想重展抱负，有所作为，然而却未能如愿。此诗便借曲江春望来反衬自己内心的抑郁。结尾以“少年曾得意”来回答今天“何事独伤怀”，充分流露出作者对当时现实的不满。

凤城烟雨歇[1]，万象含佳气[2]。
酒后人倒狂， 花时天似醉。
三春车马客[3]，一代繁华地。
何事独伤怀？ 少年曾得意。

① 凤城：京城的别称。 ② 佳气：美好的云气。古代认为是吉祥的象征。 ③ 三春：旧称阴历正月为孟春，二月为仲春，三月为季春，合称“三春”。车马客：乘车骑马的人，指富贵者。

翻译

春天来了，京城里烟消雨歇，

一切景象都笼上了吉祥之气。

在饮酒之后，人变得疯狂了，

在百花盛开之时，天也像喝得烂醉。

三春时候，达官贵人车马往来不绝，

这曲江池是一代繁华之地。

我为何独自感到伤心呢？

因为我年轻时也曾在这里得意。

途中早发

这首五古极能写出“途中早发”之趣。霜尚在、月尚明、行人发、宿鸟飞，写早发情景；流水远村、缦山红树，写途中所见；末二句则写惯于客行，常常来往于关塞之内。通首极浑成，与作者同题之五律一首，有异曲同工之妙。

马踏尘上霜，　月明江头路。

行人朝气锐[①]，　宿鸟相辞去。

流水隔远村，　缦山多红树[②]。

悠悠关塞内[③]，　来往无闲步。

---

① 朝气锐：朝气旺盛。　② 缦(màn)：萦回貌。　③ 悠悠：遥远貌。

翻译

马儿踏着晨霜前进，

月亮照着江边的大路。

行人正充满朝气地出发，

宿鸟也纷纷离巢而去。

流水隔着远村，

满山都是红树。

在悠悠的关塞之内，

往返不停的早行人正匆匆踏上征途。

观云篇

这是一首咏物诗。作者对云的变化进行了细致的观察，如云起的迅疾，色彩的多变，夜深时的轻盈柔薄，晴朗时的舒卷自如，都描摹贴切，形象生动。

兴云感阴气[1]，疾走如见机[2]。
晴来意态行，有若功成归。
葱茏含晚景[3]，洁白凝秋晖[4]。
夜深度银汉，漠漠仙人衣[5]。

---

① 兴云：云涌。阴气：指不晴不雨之天气。 ② 见机：识机微，辨情势。指事前能明察事物细微的变化。 ③ 葱茏：形容草木青翠而茂盛。 ④ 秋晖：秋天的日光。 ⑤ 漠漠：弥漫貌，这里指飘散。

翻译

天气阴晦时，乌云便急涌翻滚，
好像能预先感到情势的变化一样。
晴朗时，白云随意舒卷，

又像功成而归似的得意洋洋。

云彩有时像夕阳映照下的草木一样既红且碧，

有时又像凝聚着秋日的光辉一样洁白明亮。

夜深了，当那淡云度过银河时，

就像仙人身上薄薄的纱衣在随风飘荡。

客有为余话登天坛遇雨之状，因以赋之

这是刘禹锡听了客人描述登天坛山遇雨的情况后写成的。天坛山上的雨云变化在刘的笔下栩栩如生，写得酣畅淋漓。此诗前十二句极写雨云的千变万化，中十二句细写雨后斜阳的奇丽景象，末四句写下山后与同伴相见的情景。结尾两句收得甚为峭拔。天坛：山名。在今河南济源，即王屋山顶。相传这里是古轩辕氏祈天之所，故名天坛山。

清晨登天坛，半路逢阴晦[①]。疾行穿雨过，却立视云背[②]。白日照其上，风雷走于内。滉瀁雪海翻[③]，槎牙玉山碎[④]。蛟龙露鬐鬣[⑤]，神鬼含变态。万状互生灭，百音以繁会。俯观群动静，始觉天宇大。山顶自澄明[⑥]，人间已霧霈[⑦]。豁然重昏敛，涣若春冰溃[⑧]。反照入松门[⑨]，瀑流飞缟带[⑩]。遥光泛物色[⑪]，馀韵吟天籁[⑫]。洞府撞仙钟[⑬]，村墟起夕霭[⑭]。却见山下侣，已如迷世代。问我何处来，我来云雨外[⑮]。

① 阴晦：阴暗，指阴黑的雨云。 ② 却：退回，此指转身。 ③ 滉瀁(huàng yàng)：水深广。 ④ 槎(chá)牙：错杂不齐。 ⑤ 鬐鬣(qí liè)：走兽颈上的长毛，此指蛟龙的脊。 ⑥ 澄明：清朗、明亮。 ⑦ 人间：指山下。已：止。雱霈(pāng pèi)：雨盛。 ⑧ 涣：流散。溃：溃散，指融化。 ⑨ 反照：夕阳光辉。 ⑩ 缟(gǎo)：白色的生绢。 ⑪ 遥光：指远处的夕阳馀晖。物色：景色。 ⑫ 馀韵：指瀑声。天籁(lài)：大自然的音响。 ⑬ 洞府：神仙居住之处。此指山上的寺庙。 ⑭ 夕霭(ǎi)：傍晚的雾霭。 ⑮ 云雨外：指高耸入云的山顶。

翻译

清晨攀登天坛山，
半路遇上天气阴晦。
我急急穿过雨云上山，
然后转身向下看那云背。
白日照射在云层上，
风雷滚动在云层内。
云涛像深广的雪海翻腾，
像错杂的玉山崩碎；
像蛟龙腾跃，突然露出背脊，

像鬼神变幻，没有固定形态。

千形万状相生相灭，

各种音响频繁聚会。

低头观望下界万物的变化，

才使人觉得天空分外阔大。

山顶自然一派清澈明朗，

山下也停止了大雨霶霈。

豁然开朗，重重阴云已经消失，

涣然流散，好像春冰一样融溃。

斜阳照进了松林的大门，

瀑布飞流像白色的绢带。

夕晖远射，使得各种景色呈现，

瀑声激扬，奏响了奇妙的天籁。

山寺撞响了晚钟，

村落笼上了暮霭。

下山见到同伴们，

恍如隔了一个世代。

要是问我从何处而来，

我是来自云雨之外。

酬乐天咏老见示

开成元年(836)至会昌二年(842)之间,刘禹锡任太子宾客,分司东都,正在患病。当他收到白居易的《咏老赠梦得》后,便写了此诗作答。白诗写得较为消极低沉,刘诗则比较旷达乐观。末二句充分表达了“烈士暮年,壮心不已”的豪迈感情。明胡震亨说:“刘禹锡播迁一生,晚年洛下闲废,与绿野(裴度)、香山(白居易)诸老优游诗酒间,而精华不衰,一时以诗豪见推。公亦自有句云:‘莫道桑榆晚,为霞尚满天。’盖道其实也。”(《唐音癸签》)

人谁不顾老①,老去有谁怜?
身瘦带频减②,发稀帽自偏。
废书缘惜眼③,多炙为随年④。
经事还谙事⑤,阅人如阅川⑥。
细思皆幸矣, 下此便翛然⑦。
莫道桑榆晚⑧,为霞尚满天。

---

① 顾:念,指考虑。 ② 带:腰带。 ③ 废书:不看书。缘:因。

④ 灸(jiǔ):艾灸,在穴位燃艾灼之。中医的一种治疗方法。随年:适应年龄增长。 ⑤ 谙(ān):熟悉。 ⑥ 阅人如阅川:意谓阅历人生如同积水成川一样。语出陆机《叹逝赋》"川阅水以成川"、"世阅人而为世"。 ⑦ 下:攻下,等于说"解决"、"领悟"。翛(xiāo)然:无拘无束。 ⑧ 桑榆:日所入处。指日暮,喻晚年。

翻译

人们谁不忧虑老呢?
老了有谁来同情可怜!
身体消瘦了,腰带便不断缩短,
头发稀疏了,帽子就自然歪偏。
抛开书本不看,是为了爱惜眼睛,
常用艾灸治病,是为了适应晚年。
经事多了,还能更加懂得事理;
阅历人生,就像看惯流水波澜。
细细想来,这辈子都算幸运了,
只要悟通这一点,心里就会觉得坦然。
不要说我们已到了晚年,
你看,太阳下山前还会彩霞满天!

聚蚊谣

这是刘禹锡被贬朗州期间所写的一首讽喻诗。他以蔑视的口吻，把那些乘时得势的权贵比作夏夜中猖獗一时的蚊子。诗中极力描绘了蚊子喜欢昏黑、喧声如雷和以利嘴伤人的特点，揭露了它们卑鄙凶狠的本性。此诗前十二句极写蚊子在夏夜肆虐，末二句则指出蚊子虽然能肆虐于一时，终究逃脱不了灭亡的命运。

沉沉夏夜闲堂开①，飞蚊伺暗声如雷②。
嘈然欻起初骇听③，殷殷若自南山来④。
喧腾鼓舞喜昏黑⑤，昧者不分聪者惑⑥。
露花滴沥月上天⑦，利嘴迎人看不得⑧。
我躯七尺尔如芒⑨，我孤尔众能我伤。
天生有时不可遏⑩，为尔设幄潜匡床⑪。
清商一来秋日晓⑫，羞尔微形饲丹鸟⑬。

---

① 沉沉：昏黑貌。 ② 伺（sì）：等待、趁着。 ③ 欻（xū）：忽然。
④ 殷殷（yǐn）：震动声，形容声音很大。南山：即终南山，在今陕西西安南。此句用《诗经·召南·殷其雷》“殷其雷，在南山之阳”句意。

⑤ 鼓舞：鼓翅飞舞。 ⑥ 昧者：糊涂人。聪者：聪明人。 ⑦ 露花：露水。 ⑧ 看不得：看不清楚。 ⑨ 芒：草木茎叶、果壳上的小刺。⑩ 遏(è)：阻止。 ⑪ 幄(wò)：帐幕，指蚊帐。匡床：方正的床。⑫ 清商：指秋风。 ⑬ 羞：进献食物。丹鸟：萤火虫。据《大戴礼·夏小正》载："八月，丹鸟羞白鸟。"白鸟即蚊子。

翻译

夏夜沉沉，清静的堂屋门窗大开，
飞蚊趁着黑暗，发出雷鸣般的声响。
喧闹声突然而来，起初听了吃惊，
像是隆隆的雷声从南山传来一样。
蚊子喜欢在昏暗的夜里嗡嗡地鼓翅飞舞，
糊涂人分辨不清，聪明人也感到迷惘。
在露水下滴、月上中天的夏夜，
尖嘴叮人，难于觉察提防。
虽然我有七尺之躯，你蚊子小如芒刺，
但是我寡你众，所以你能把我伤。
天生蚊子有一定时节，我不可阻遏，
为了避开你的叮刺，我只好躲进蚊帐。
等到凉风吹来，在秋天的拂晓，
你这细微东西就要给丹鸟吃光！

百舌吟

此诗写于朗州期间。作者借百舌鸟以嘲笑那些阿谀得宠的幸臣之流。这种人舌端万变，花言巧语，随时逢迎，取悦于人，得意一时，但是不能改变其弄臣玩物的实质地位，所以也只能得逞一时，而不免失宠被弃。此诗语言优美，音调和谐。诗中平仄韵换押，极起伏跌宕之致。百舌：鸟名。以其鸣声反复如百鸟之音，故名。立春后鸣啭不已，夏至后即无声。

晓星寥落春云低①，初闻百舌间关啼②。花树满空迷处所，摇动繁英坠红雨③。笙簧百啭音韵多④，黄鹂吞声燕无语⑤。东方朝日迟迟升，迎风弄景如自矜⑥。数声不尽又飞去，何许相逢绿杨路⑦。绵蛮宛转似娱人⑧，一心百舌何纷纷。酡颜侠少停歌听⑨，坠珥妖姬和睡闻⑩。可怜光景何时尽⑪，谁能低回避鹰隼⑫。廷尉张罗自不关⑬，潘郎挟弹无情损⑭。天生羽族尔何微⑮，舌端万变乘春辉。南方朱鸟一朝见⑯，索寞无言蒿下飞⑰。

① 晓星寥落：指天色黎明。 ② 间关：状鸟声。 ③ 繁英：繁花。红雨：多指桃花飘落。这里泛指落花。 ④ 笙簧：笙，管乐器名；簧，笙内有弹性的薄片，用以振动发声。这里形容鸟声。 ⑤ 黄鹂（lí）：亦名黄莺，鸣声宛转。 ⑥ 景：同"影"。自矜（jīn）：自我夸耀。⑦ 何许：何处。 ⑧ 绵蛮：鸟鸣声。 ⑨ 酡（tuó）颜：酒后脸红貌。⑩ 珥（ěr）：珠玉耳饰。 ⑪ 可怜：可爱。 ⑫ 低回：迂回曲折。隼（sǔn）：像鹰一类的猛禽。 ⑬ 廷尉张罗：《史记·汲郑列传》载：汉时翟公为廷尉，宾客满门；罢官以后，宾客星散，门可罗雀。本意指门庭冷落，这里只取"罗雀"一义。 ⑭ 潘郎挟弹：《晋书·潘岳传》载：潘岳年少时，常挟弹到洛阳道上弹射。 ⑮ 羽族：指鸟类。⑯ 朱鸟：即朱雀，南方七宿（星座）的总称。古时以南方为夏，故此诗以南方星座代夏。见：同"现"。 ⑰ 索寞：无精打采貌。蒿（hāo）：指蒿莱，即野草。

翻译

在晨星寥落、春云低飞时分，

开始听到百舌鸟唧唧的鸣声。

满天都是花树，百舌鸟不知自己该落在何处，

它到处摇动繁花，使红花如雨凋零。

它的鸣声像笙簧一样音调多变，

使得善唱的黄鹂和燕子都不敢再啼鸣。

朝阳从东方慢慢升起，
百舌鸟迎风弄影得意洋洋。
在花树丛中叫了几声又飞走，
哪里又见到它们？在绿杨树上。
它的鸣声宛转悦耳，好像叫人娱乐，
一心播弄嘴舌，声调变出这么多花样！
酒酣脸红的游侠少年停止了唱歌在倾听，
枕边坠了耳饰的艳妇也带着睡意在欣赏。
百舌鸟的美好光景不知何时就会结束，
鹰隼异常凶猛，有谁能迂回躲藏？
廷尉设网捕鸟，当然不会合拢网口，
潘岳挟弓弹射，手下并无情面可讲。
在天生鸟类当中，你是多么渺小啊，
你炫耀舌端万变的本领，只能趁着春光。
待到炎热的夏天一旦出现，
你就要无精打采地闭口躲进草莽。

采菱行并引

此诗作于被贬朗州期间，以轻快的笔触，描绘了白马湖上女郎们采菱的欢快景象，劳动专注、紧张，情态活泼、欢乐，是一幅优美的江南采菱图。

武陵俗嗜芰菱[①]。岁秋矣，有女郎盛游于白马湖，薄言采之[②]，归以御客[③]。古有《采菱曲》，罕传其词，故赋之以俟采诗者[④]。

白马湖平秋日光，紫菱如锦彩鸳翔。荡舟游女满中央，采菱不顾马上郎[⑤]。争多逐胜纷相向[⑥]，时转兰桡破轻浪[⑦]。长鬟弱袂动参差[⑧]，钗影钏文浮荡漾[⑨]。笑语哇咬顾晚晖[⑩]，蓼花缘岸扣船归[⑪]。归来共到市桥步[⑫]，野蔓系船萍满衣。家家竹楼临广陌，下有连樯多估客[⑬]。携觞荐芰夜经过[⑭]，醉踏大堤相应歌。屈平祠下沅江水[⑮]，月照寒波白烟起。一曲南音此地闻[⑯]，长安北望三千里。

① 武陵:即朗州。嗜(shì):喜爱。芰(jì):四角菱。 ② 薄言:句首语气词,无义。 ③ 御客:招待客人。御(yà),通"迓",即迎接。 ④ 俟(sì):等待。采诗者:搜集民歌的官员。 ⑤ 顾:看。 ⑥ 相向:靠近。 ⑦ 兰桡(ráo):船桨。 ⑧ 弱袂(mèi):窄小的衣袖。参差:不整齐。 ⑨ 钗(chāi):妇女的首饰。钏(chuàn):手镯。文:花纹。 ⑩ 哇咬(wā yāo):笑语声。 ⑪ 蓼(liǎo):一种水草。扣船:按节拍敲击船边。 ⑫ 步:同"埠",水边停船之处。 ⑬ 估客:商人。 ⑭ 携觞荐芰:指摆设酒食。觞(shāng),古代酒器。荐(jiàn),进献之意。 ⑮ 屈平:屈原,字平。曾被流放到今湖南沅、湘之间,他沉江后,人们在当地建祠纪念他。 ⑯ 南音:指南方民歌。

翻译

武陵的风俗很喜欢吃芰菱。秋天时候,就有很多女郎划船到白马湖上,采摘它,归来款待客人。古时候有《采菱曲》,但它的歌词却很少留传下来,所以我写下这首诗,以待采集民歌的人来收集。

平静的白马湖上洒满秋日的阳光,
湖面紫菱如锦,彩色的鸳鸯正在游翔。
湖中到处都是划着小艇的采菱女,
专心采菱,全不看骑马的少年郎。

争取多采摘，纷纷互相靠近，
时而掉转船头，飞舟劈破轻浪。
长发结，窄衣袖，参差晃动，
头钗影，手镯光，闪动浮荡。
望着落日的余晖，彼此喧笑，
沿着蓼花的岸边，敲着船舷归航。
采菱船全部停泊在市桥埠头，
野蔓挂在船上，浮萍沾满衣裳。
埠头上，各家各户的竹楼都临近大路，
大堤下，桅杆紧挨的船里大多是客商。
商人们晚上拿着酒和菱角互相拜访，
喝得醉醺醺地在堤上踏歌对唱。
沅江水就从这里的屈原祠下流过，
秋月照着寒波，升起白雾茫茫。
我在这里听到一首南方民歌，
禁不住向三千里外的长安城北望。

平蔡州三首

唐宪宗元和九年(814),淮西节度使吴少阳死,其子吴元济据蔡州(今河南汝南)叛乱,朝廷多次发兵征讨,皆不能平。元和十二年,宰相裴度亲到郾(yǎn)城督师,将军李愬(sù)雪夜袭蔡州,生擒吴元济,终于平定了淮西叛乱。这时刘禹锡正被贬连州,当他得知这胜利消息后,兴奋地写成这三首《平蔡州》,充分表现了他渴望国家统一的强烈感情。这三首诗,总咏平蔡州。第一首写平叛大捷,第二首写平叛后百姓欢欣,第三首写平叛的影响巨大。三首诗既可各自独立,又彼此互有联系。清翁方纲认为“叙淮西事当以梦得此诗为第一”(《石洲诗话》)。

蔡州城中众心死[①],祆星夜落照河水[②]。汉家飞将下天来[③],马箠一挥门洞开[④]。贼徒崩腾望旗拜[⑤],有若群蛰惊春雷[⑥]。狂童面缚登槛车[⑦],太白夭矫垂捷书[⑧]。相公从容来镇抚[⑨],常侍郊迎负文弩[⑩]。四人归业闾里闲[⑪],小儿跳踉健儿舞[⑫]。

汝南晨鸡喔喔鸣[13]，城头鼓角音和平。路傍老人忆旧事，相与感激皆涕零。老人收泣前致辞：官军入城人不知。忽惊元和十二载，重见天宝承平时[14]。

九衢车马浑浑流[15]，使臣来献淮西囚。四夷闻风失匕箸[16]，天子受贺登高楼。妖童擢发不足数[17]，血污城西一抔土[18]。南烽无火楚泽闲[19]，夜行不锁穆陵关[20]。策勋礼毕天下泰[21]，猛士按剑看常山[22]。

---

① 众心死：指叛军斗志全无。 ② 袄星：即灾星。此喻叛军首领吴元济。河水：指护城河水。 ③ 汉家飞将：指汉朝名将李广，人称"飞将军"。这里借指李愬。李愬雪夜奇袭蔡州，兵至城下，城中无一人知。入到吴元济外宅时，元济尚在梦中。事见《资治通鉴·唐纪》。 ④ 马箠(chuí)：马鞭。 ⑤ 崩腾：指溃乱。 ⑥ 蛰(zhé)：动物冬眠。 ⑦ 狂童：狂妄小子，指吴元济。面缚：双手反绑在背后。槛车：木笼囚车。 ⑧ 太白：旗名。夭矫：时卷时舒貌。 ⑨ 相公：对宰相的称呼，此指裴度。镇抚：镇守和安抚。 ⑩ 常侍：指李愬，李时任检校左散骑常侍。文弩(nǔ)：雕有花纹的弓。负弩出迎是一种隆重的礼节。 ⑪ 四人：即四民，指士、农、工、商。 ⑫ 跳踉(liáng)：跳跃。健儿：指士兵。 ⑬ 汝南晨鸡：《乐府诗集·

鸡鸣歌》云："东方欲明星烂烂，汝南晨鸡登坛唤。"刘诗此处用典，妙在自然，使人不觉。 ⑭ 天宝：唐玄宗的年号。玄宗执政时，从开元元年到天宝十四年安禄山作乱前这一段时间，是历史上有名的太平盛世。承平：治平相承，即天下太平。 ⑮ 九衢(qú)：四通八达的道路。浑浑：水流状。这里形容车马众多。 ⑯ 四夷：古代统治者对我国少数民族的蔑称。这里指四方割据的藩镇势力。匕箸(zhù)：饭勺筷子。"失匕箸"借用刘备闻雷失箸的典故。 ⑰ 妖童：兴妖作恶的小子，指吴元济。擢发不足数：罪恶多得像头发那样数不清。擢(zhuó)，拔。 ⑱ 一抔土：一小撮泥土。抔(póu)，捧。 ⑲ 南烽无火：即南无烽火，指南方战乱平息。楚泽：泛指淮西一带受战乱的地方。 ⑳ 穆陵关：在今湖北麻城北。 ㉑ 策勋：记功。泰：太平、安定。 ㉒ 常山：即恒山，唐郡名，为成德军节度使王承忠盘踞之地。直到刘禹锡写此诗时，王承忠尚不服朝廷，故刘在诗后注云："时唯常山不庭。"

翻译

蔡州城里的叛军已经斗志全衰，

晚上妖星陨落，余光把护城河照白。

李愬像飞将军李广那样从天而降，

马鞭一指，城门立即大开。

叛军崩溃逃散，纷纷向朝廷的军旗跪拜投降，

就像一群蛰伏的动物被春雷惊醒一样。

吴元济这小子被反绑双手押上囚车，
太白旗上悬挂着捷报，正在随风飘扬。
宰相裴度从容地前来安抚百姓，
李愬背负着文弩出郊外欢迎。
平叛后，四民各安其业，城乡安闲宁静，
小孩子嬉笑跳跃，士兵们起舞欢庆。

早晨，汝南的雄鸡喔喔啼鸣，
城上传来的鼓角声显得十分和平。
路旁的老人回忆起辛酸的往事，
都对官军平叛成功感激涕零。
老人止住眼泪上前致辞：
“官军入城谁也不知。
想不到在元和十二年，
又重新看到天宝年间的太平日子。”

大路上车马相连，浑浑如流，
是使臣来献淮西叛乱的囚犯。
割据的军阀们闻讯都怕得拿不住筷子，
天子登上高楼接受百官贺赞。
吴元济罪恶累累，擢发难以数尽，
终于血污了一撮泥土，在城西被斩。

南方从此没有战乱，淮西一带十分安宁，

穆陵关夜间不用上锁，可以照旧通行。

朝廷记功行赏后，天下出现太平局面，

猛士们手持利剑，正准备收复常山郡！

武昌老人说笛歌

此诗是刘禹锡从夔州转和州刺史道上之作。诗中的武昌老人年轻时有高超的音乐技艺,吹得一口好笛子,能做到“商声五音随指发,水中龙应行云绝”。但随着年纪老迈而技不如昔,只能“时时一曲梦中吹”了。这种今不如昔之感是寓有作者自身的感慨在内的,因为作者少有大志而到老无成,写此诗时已年过半百了。

武昌老人七十馀,手把庾令相问书[①]。自言少小学吹笛,早事曹王曾赏激[②]。往年镇戍到蕲州[③],楚山萧萧笛竹秋[④]。当时买材恣搜索[⑤],典却身上乌貂裘[⑥]。古苔苍苍封老节[⑦],石上孤生饱风雪。商声五音随指发[⑧],水中龙应行云绝[⑨]。曾将黄鹤楼上吹[⑩],一声占尽秋江月[⑪]。如今老去语犹迟,音韵高低耳不知。气力已无心尚在,时时一曲梦中吹。

---

① 把:拿。庾令:指东晋庾亮,曾为中书令,后镇守武昌。这里借指

当时的鄂州(武昌)刺史。 ② 曹王:指嗣曹王李皋。唐德宗建中二年(781),李希烈反,李皋被任为江西节度使,率兵平叛,曾攻取蕲州。事见《新唐书·太宗诸子传》。赏激:即激赏。 ③ 蕲(qí)州:今湖北蕲春。此地产竹,以节疏者为笛,自古有名,称"蕲竹"。 ④ 楚山:泛指古代楚地之山。 ⑤ 材:指笛竹。恣(zì):恣意,尽情。 ⑥ 典:抵押,典当。乌貂裘(diāo qiú):黑貂之裘,富贵者之华服。裘,皮衣。 ⑦ 封:指苔封,遮住老节。 ⑧ 商声:秋声。商为五音之一,于四时为秋,其声凄厉,与秋气肃杀相应,故称秋为商。五音:指"宫、商、角、徵(zhǐ)、羽"五声。 ⑨ 龙应:龙鸣应和。笛声似龙鸣,故能使"水中龙应"。汉马融《长笛赋》:"龙鸣水中不见已,截竹吹之正相似。"行云绝:流云静止不动。指笛声能遏止行云。《列子·汤问》:"(秦青)抚节悲歌,声振林木,响遏行云。" ⑩ 将:拿。 ⑪ 占:据有。

翻译

有一个武昌老人已七十多岁,

手拿着鄂州刺史的问候书信。

他自己说少年时候学过吹笛,

早年侍奉曹王,曾经大称赏心。

往年随从镇守到蕲州,

正是楚山风吹笛竹的高秋。

那时为了买到优质的笛竹而到处搜索,

不惜典当了身上的黑貂裘。
这支笛竹古苔青苍，封盖着老节，
孤独地在石上生长，饱经风雪。
吹起这笛子，商声五音随指而发，
使水中龙吟应和，把天上行云阻遏。
当年曾拿这笛子到黄鹤楼上吹奏，
美妙的笛音一响，便传遍了秋江月下。
如今年老了，说话迟钝了，
耳朵已分不清音韵的快慢高低。
虽然气力已无但仍有吹笛之心，
常常将一曲在梦中奏吹。

九华山并引

刘禹锡赴和州途中，路经池州青阳县（今安徽青阳）西南之九华山，有感于九华山奇伟壮观而“不为世所称”，故成诗以表慨叹。此诗起句突兀，前十五句写九华山雄奇秀丽而不被人赏识，紧接四句则以平凡的敬亭山却很有名作对照，抒发作者不平之气；结尾四句使用重叠和反诘句式，极尽慨叹之意。刘禹锡为九华山鸣不平，也借以抒发胸中郁积的愤懑。

九华山在池州青阳县西南，九峰竞秀，神采奇异。昔余仰太华[1]，以为此外无奇，爱女几、荆山[2]，以为此外无秀。及今见九华，始悼前言之容易也[3]。惜其地偏且远，不为世所称[4]，故歌以大之[5]。

奇峰一见惊魂魄，意想洪炉始开辟[6]。疑是九龙夭矫欲攀天[7]，忽逢霹雳一声化为石。不然何至今，悠悠亿万年，气势不死如腾仚[8]？云含幽兮月添冷[9]，日凝辉兮江漾影。结根不得要路津[10]，迥秀长在无人境[11]。轩皇封禅登云亭[12]，大

禹会计临东溟[13]。乘樏不来广乐绝[14]，独与猿鸟愁青荧[15]。君不见敬亭之山黄索漠[16]，兀如断岸无棱角[17]。宣城谢守一首诗[18]，遂使名声齐五岳。九华山，九华山，自是造化一尤物[19]，焉能籍甚乎人间[20]？

---

① 太华(huà)：即华山，五岳之一，在今陕西境内。因其西有少华山，故称此为太华。 ② 女几、荆山：均为山名。女几山在今河南宜阳，洛水从此出。荆山有多处，这里可能指河南灵宝南的荆山。 ③ 悼：伤感，这里引申为悔恨。容易：指轻率。 ④ 称：称道、赏识。 ⑤ 大之：即“使之大”，意指使九华山的名气大起来。 ⑥ 洪炉：喻天地。 ⑦ 夭矫(yāo jiǎo)：屈伸貌。 ⑧ 仚(xiān)：高飞貌。 ⑨ 兮(xī)：语气助词，相当于“啊”。 ⑩ 结根：喻坐落。 ⑪ 迥(jiǒng)秀：极其秀丽。长：生长。此指耸立。 ⑫ 轩皇：轩辕氏，即黄帝。封禅(shàn)：帝王祭天地的典礼。筑坛祭天称“封”，辟场祭地称“禅”。云亭：疑为云云山、亭亭山，均在今山东境内。《史记·封禅书》载：“黄帝封泰山，禅亭亭；颛顼(zhuān xū)封泰山，禅云云。” ⑬ 会计：相传大禹于会稽山会诸侯计功。会稽山：在今浙江绍兴东南。东溟(míng)：东海。 ⑭ 樏(léi)：登山所乘的工具。广乐(yuè)：传说为天上的一种乐曲；这里指天子之乐。 ⑮ 青荧(yíng)：泛指青光或白光，这里指明亮的青天。 ⑯ 敬亭之山：即敬亭山，在今安徽宣城北。索漠：无生气貌。 ⑰ 兀(wù)：光秃。棱

角:指山的锋芒。 ⑱ 宣城谢守:指南朝齐时的诗人谢朓,曾任宣城太守,常到敬亭山赏玩赋诗。 ⑲ 造化:指天地、自然界。尤物:原指特出的人物,这里指奇特的山岭。 ⑳ 籍甚:声名盛大。乎:于。

翻译

九华山在池州青阳县西南方,九座山峰竞比秀丽,神采奇特异常。从前我景仰华山,以为除此之外就没有奇山;爱慕女几山和荆山,又以为除此之外就没有秀峰。到现在见了九华山,才悔恨以前的结论轻率。很可惜九华山地处偏远之境,不被世人所赏识,所以我写成这首歌以使它的名气大起来。

一见这奇伟的山峰就使人惊心动魄,
禁不住想到那开天辟地之时。
那时大概有九条巨龙在屈伸翻腾想飞上天,
忽然被一声响雷打落地下,变成这九华山石。
不然的话,为什么直到今天,
经过了悠远漫长的亿万年,
这九华山的气势还像巨龙一样想飞腾而起?
烟云含着幽怨啊,月色格外清冷,
太阳凝聚光辉啊,江水荡漾山影。
它的根不是扎在交通要道上,

那奇秀的山峰只是生长在无人之境。
当年黄帝曾登上云亭山拜祭天地，
大禹曾到东海边的会稽山会诸侯计功名。
九华山没有帝王来过，从未奏过广乐，
只好与猿鸟面对着青天叹孤零。
您不见那灰黄而无生气的敬亭山，
光秃秃如同断岸一样没有气势。
只因宣城太守谢朓在那里写过一首诗，
就使得它和五岳一样有名气。
九华山啊九华山，
你当然是天地间形成的一座奇特山岭，
怎样才能够使你在人间大有名气？

叹水别白二十二

这是刘禹锡在长安写赠白居易的一首咏物诗。诗中以水喻人，表现了他们至清尽美、利人利物的抱负和彼此相忆的友情。诗的格式比较别致，从一个字写到七个字，押了七个韵脚；除首句押韵外，其余都是两句一韵。俗称宝塔体。此诗句意不深，但格式特别，故选录于此，以备一格。白二十二：即白居易，他排行第二十二，故有此称。

水，

至清，

尽美。

从一勺，

至千里。

利人利物，

时行时止。

道性净皆然①，

交情淡如此②。

君游金谷堤上③，

我在石渠署里④。

两心相忆似流波，

潺湲日夜无穷已⑤。

---

① 道性：规律性，本性。 ② 交情淡：指君子之交。《庄子·山木》中有“君子之交淡若水”句。 ③ 金谷堤：洛阳金谷园中之堤。金谷园为晋朝巨富石崇所建。刘以此借代白居易所在地洛阳。 ④ 石渠署：即石渠阁，汉宫中藏书之处，在未央宫殿北。这里用以代刘所在的集贤殿，这时刘禹锡任集贤殿学士，工作是整理图书，撰集文章，校理经籍，搜求逸书。 ⑤ 潺湲（chán yuán）：水流貌。

翻译

水，

极清，

极美。

从一勺之小，

到千里之大都是如此。

水对人对物都有利，

它有时流动，有时静止。

它的本性是这样的洁净，

它清淡得如同君子的交谊。

您宦游在洛阳城中，

我理书在集贤院里。

我们彼此之间互相思念就像那流水，

日夜潺湲流淌永无穷止。

潇湘神二首

潇湘神，词牌名，为刘禹锡赋咏舜帝二妃娥皇、女英之作。传说舜帝南巡，死于苍梧山；二妃亦死于江湘之间，死后成为湘水之神。刘被贬朗州期间，有感于这传说的动人和当地百姓思忆之深，遂创制此词。

湘水流，湘水流，　九疑云物至今愁[1]。

君问二妃何处所？　零陵香草露中秋[2]。

① 九疑：即九嶷山，又名苍梧山，在今湖南宁远境内。山南有舜庙。

② 零陵：在今湖南南部，湘江上游及其支流潇水在此处汇合。古史传说舜帝葬于此地。

翻译

湘水流啊湘水流，

九嶷山的景物至今仍使人发愁。

您要问舜帝的两个妃子在哪里吗？

是在那沾满秋露的潇湘香草里头。

斑竹枝[1]，斑竹枝，泪痕点点寄相思。

楚客欲听瑶瑟怨[2]，潇湘深夜月明时。

① 斑竹：有斑纹的竹子，湖南特产。又名湘竹和湘妃竹。传说舜帝死后，二妃大哭，泪洒竹上，竹尽变斑。 ② 楚客：客居楚地的人。瑶瑟：用玉作饰的瑟。

翻译

斑竹枝啊斑竹枝，

枝上的点点泪痕寄托着无尽的相思。

楚客要想听听湘神那幽怨的瑶瑟声，

就请来潇湘一带吧，在夜深月明之时。

和乐天春词，依《忆江南》曲拍为句

这是刘禹锡晚年之作。开成三年(838)，白居易写成三首《忆江南》词，其中第一首对春天的到来大加赞美。刘禹锡这首和作，则对春天的离去表示无限依恋。白、刘二作，一写“春来”之景，一写“春去”之情。清人况周颐认为此词“下开北宋子野(张先)、少游(秦观)一派”(《蕙风词话》)。乐天春词：指白居易《忆江南》中的第一首，词云：“江南好，风景旧曾谙。日出江花红胜火，春来江水绿如蓝。能不忆江南?”依《忆江南》曲拍为句：按《忆江南》的词牌填词。

春去也，多谢洛城人①。

弱柳从风疑举袂②**，从兰浥露似沾巾**③。

独坐亦含嚬④。

---

① 多谢：深情辞别之词。洛城：洛阳城。 ② 举袂(mèi)：挥袖。 ③ 浥(yì)露：被露水沾湿。 ④ 嚬(pín)：同“颦”，皱眉。

翻译

春天要离去了，

她深情地告别洛城人。

柔弱的柳条随风摆动，

像是依依挥手，舍不得离分。

一丛丛带露的兰花，

又似是被泪水打湿的衣巾。

它们都对春天的离去依依不舍，

我独个儿坐着，也满面愁云。

文

华佗论

此文写于“永贞革新”首领王叔文被赐死之后，当是刘禹锡借题发挥，有所为而作。文章借古讽今，借曹操杀华佗一事，遣责“执柄者”轻杀材能的错误。末尾更以“前事之不忘，期有劝且惩也”，明确表示写作此文的目的，是期待朝廷能够以古为镜，知所儆戒，不要重犯曹操的错误。

文章笔锋森然，通篇悲愤，对当时执政者的残暴轻杀，表示了极大的愤慨。

史称华佗以恃能厌事[①]，为曹公所怒。荀文若请曰[②]：“佗术实工，人命系焉，宜议能以宥[③]。”曹公曰：“忧天下无此鼠辈邪[④]！”遂考竟佗[⑤]。至苍舒病且死[⑥]，见医不能生，始有悔之之叹。嗟乎！以操之明略见几[⑦]，然犹轻杀材能如是[⑧]。文若之智力地望[⑨]，以的然之理攻之[⑩]，然犹不能返其恚[⑪]。执柄者之恚[⑫]，真可畏诸[⑬]，亦可慎诸。

原夫史氏之书于册也[⑭]，是使后之人宽能者之

刑，纳贤者之谕[15]，而惩暴者之轻杀。故自恃能至有悔，悉书焉。后之惑者，复用是为口实[16]。悲哉！夫贤能不能无过[17]，苟置于理矣[18]，或必有宽之之请[19]。彼壬人皆曰[20]："忧天下无材邪！"曾不知悔之日[21]，方痛材之不可多也。或必有惜之之叹。彼壬人皆曰："譬彼死矣，将若何？"曾不知悔之日，方痛生之不可再也。可不谓大哀乎？

夫以佗之不宜杀，昭昭然不可言也[22]。独病夫史书之义[23]，是将推此而广耳[24]。吾观自曹魏以来，执死生之柄者，用一恚而杀材能众矣[25]。又焉用书佗之事为[26]？呜呼！前事之不忘，期有劝且惩也[27]。而暴者复借口以快意[28]。孙权则曰："曹孟德杀孔文举矣[29]，孤于虞翻何如[30]？"而孔融亦以应泰山杀孝廉自譬[31]。仲谋近霸者[32]，文举有高名，然犹以可惩为故事[33]，矧他人哉[34]？

---

① 恃能厌事：指依仗自己有才能而不肯侍奉权贵。 ② 荀文若：即荀彧(yù)，曹操的谋臣。请：请求。 ③ 议：考虑。能：才能，指医术。宥(yòu)：赦罪。 ④ 鼠辈：蔑视他人之词。邪：同"耶"。 ⑤ 考竟：拷问死于狱中。考，同"拷"。 ⑥ 苍舒：曹操的爱子。即曹冲。且：将。 ⑦ 明略：深明韬略。见几：指事前能洞察事物细微

的变化。 ⑧ 如是：如此。 ⑨ 地望：门第和名望。 ⑩ 的然：明白的样子。攻：责问。 ⑪ 恚（huì）：怒。 ⑫ 执柄者：掌握权柄的人。 ⑬ 诸："之乎"的合音，此处相当于现代汉语的"啊"。 ⑭ 原：推究本源。夫（fú）：那。史氏：指历史家。 ⑮ 谕：讽喻。 ⑯ 是：这。 ⑰ 夫（fú）：发语词。 ⑱ 苟：假如。置：处置。理：道理，法则。 ⑲ 或：有人。 ⑳ 壬人：佞人，巧言谄媚的人。 ㉑ 曾：竟。 ㉒ 昭昭然：明白的样子。 ㉓ 独：只。病：不满。 ㉔ 是：因此。 ㉕ 用：因。 ㉖ 焉用：何用。 ㉗ 期：期望。劝：劝善。惩：惩恶。 ㉘ 快意：恣心所欲。 ㉙ 曹孟德：曹操，字孟德。孔文举：孔融，字文举，"建安七子"之一。献帝时为北海太守。自恃高门世族，对曹操多所非议，后为操所杀。 ㉚ 孤：孙权自称。虞翻：吴国官员。历事孙策、孙权，屡犯颜谏争，获谴徙交州（今广州）。据《三国志·吴书·虞翻传》载，在一次宴会上，孙权亲自行酒，虞翻佯醉伏地不受，惹得孙权要杀他。众人劝阻，孙权则说："曹孟德尚杀孔文举，孤于虞翻何有哉？" ㉛ 应泰山：即应劭，曾任泰山太守，故称应泰山。孝廉：汉代选拔官吏的科目之一，被推举者称为孝廉。据《三国志·魏书·邴原传》裴松之注所载，孔融任北海太守时曾赏用一人，后又要杀死他。邴原问孔融为何先前宠信，今又杀掉。孔融说此人初时好，就提拔他，今日变坏了，就要杀掉他。并举例说，当初应泰山也曾举荐过一个孝廉，但一个月后又把这个孝廉杀了。 ㉜ 仲谋：即孙权，字仲谋。霸者：行霸道的人。"霸道"与奉行仁政的"王道"相对。指用暴力、刑罚治天下的政治措施。 ㉝ 故事：成例，旧日的典章制度。 ㉞ 矧（shěn）：况且，何况。

翻译

史书上说华佗因为自恃才能而厌恶服事权贵，被曹操恼怒。荀彧请求说："华佗的医术确实高明，这关系到人命，应该考虑他医术高明而宽恕他。"曹操说："何必担忧天下没有这样的鼠辈呢！"于是把华佗拷死在狱中。直到他的爱子苍舒病危，发现其他医生救不了他的命，才有后悔的叹息。唉，以曹操这样的精明入微，然而还是如此轻杀人才。荀彧有这样高的智谋、门第和名望，以十分明白的道理来责问他，然而还是不能使他息怒。掌权者的发怒，真可怕啊，亦可要谨慎啊！

推究历史家把这件事记载在史册上的原因，是为了使后人放宽对有才能的人的刑罚，采纳贤德的人的劝告，而惩戒残暴者的轻率杀戮。因此从华佗恃能到曹操后悔，史书上都详细地加以记载。后来的糊涂人，又用这个作为轻杀的借口，真可悲啊！贤能的人不会没有过失，假如按法理处置，有人一定提出宽恕他的请求。这时候，那些奸佞小人都会说："何必担忧天下没有人才呢！"竟不知到了后悔之时，才会痛惜人才的不可多得。有人一定发出惋惜人才的叹息。这时候，那些奸佞小人都会说："譬如他死了，又会怎么样？"竟不知到了后悔之时，才会痛惜死者的不可复生。这能不说是极大的悲哀吗？

拿华佗的不该杀来说，是十分明白而不用多说的。我只是不满史书的意义阐发不足，因此把这层意义推论而发挥罢了。我看自曹魏以来,那些掌握死生权柄的人,因一怒而杀掉人才的情况是很多的。我又何须写华佗的事呢?唉!不忘前事,是期望能收到劝善惩恶的效果!但那些残暴者又拿这件事作借口来随心所欲地杀人。孙权就说过:“曹操杀死孔融了,我对于虞翻怎能比呢?”而孔融也以应泰山杀孝廉来自比。孙权近乎霸者一流人,孔融有高尚的美名,然而还都以应该惩杀为先例,更何况其他人啊?

鉴药

《鉴药》及下选《叹牛》、《儆舟》都是《因论七篇》中的小品文。作者在《因论》小引中说，这组文章是“造形而有感，因感而有词，匪立匪寓，以因为目”，是对社会生活的具体现象有感而发，探索原因，既非立言之作，也不是寓言之类，只是一种杂感。《鉴药》，指从吃药治病中得到教训。本文以自己一次吃药治病的经过，说明用药必须剂量适中。若超过了一定的分量，便会适得其反；不但不能治好病，还会使得病情恶化。从而告诫人们，处理事情也必须掌握分寸，如果超过了适当的分寸，好事就会变成坏事。

刘子闲居[①]，有负薪之忧[②]，食精良弗知其旨[③]，血气交沴[④]，炀然焚如[⑤]。客有谓予：“子病，病积日矣。乃今我里有方士，沦迹于医[⑥]，厉者造焉而美肥[⑦]，辄者造焉而善驰[⑧]，矧常病也[⑨]。将子诣诸[⑩]！”予然之[⑪]。之医所[⑫]，切脉观色聆声，参合而后言曰[⑬]：“子之病，其兴居之节舛[⑭]，衣食之齐乖所由致也[⑮]。今夫藏鲜能安谷[⑯]，府鲜

能母气[17]，徒为美疢之囊橐耳[18]，我能攻之[19]。”乃出药一丸，可兼方寸，以授予曰：“服是足以瀹昏烦而钽蕴结[20]，销蛊慝而归耗气[21]。然中有毒，须其疾瘳而止[22]，过当则伤和，是以微其齐也[23]。”予受药以饵[24]，过信而腿能轻[25]，痺能和；涉旬而苛痒绝焉，抑搔罢焉；逾月而视分纤[26]，听察微[27]，蹈危如平，嗜粝如精[28]。或闻而庆予，且哄言曰：“子之获是药，几神乎，诚难遭已。顾医之态，多啬术以自贵，遗患以要财，盍重求之[29]，所至益深矣。”予昧者也，泥通方而狃既效[30]，猜至诚而惑劚说[31]，卒行其言。逮再饵半旬，厥毒果肆[32]，岑岑周体[33]，如痁作焉[34]。悟而走诸医[35]，医大咤曰[36]：“吾固知夫子未达也[37]。”促和蠲毒者投之[38]，滨于殆而有喜[39]，异日进和药，乃复初。

刘子慨然曰：“善哉医乎，用毒以攻疹[40]，用和以安神，易则两踬[41]，明矣。苟循往以御变[42]，昧于节宣[43]，奚独吾侪小人理身之弊而已[44]！”

---

① 刘子：刘禹锡自称。 ② 负薪之忧：有病。 ③ 旨：味美。
④ 沴（lì）：水流不畅通。指阻塞。 ⑤ 炀然焚如：形容身体发热，如

同火烧一样。炀，焚烧。 ⑥ 方士：方术之士。指古代求仙、炼丹，自言能长生不死的人。沦迹：沦落。 ⑦ 厉：通“疠”，癞病，一种皮肤恶疾。造：往，到。 ⑧ 辄(zhé)：足疾，两腿不能走动。 ⑨ 矧(shěn)：何况。 ⑩ 将：带领。诣(yì)：到。诸：“之乎”合音词。 ⑪ 然之：即“以之为然”，同意他的建议。 ⑫ 之：到，往。 ⑬ 参合：综合诊断。 ⑭ 兴居：指生活起居。节舛：节制失调。舛(chuǎn)：错乱。 ⑮ 齐乖：调剂不当。齐，通“剂”。 ⑯ 藏：同“脏”。指五脏：心、肝、脾、肺、肾。鲜(xiǎn)：少。安谷：贮藏谷气。谷，与下句之“气”合称谷气。谷气是饮食的精气，指食物的营养成分。 ⑰ 府：同“腑”。指六腑：胆、胃、大肠、小肠、膀胱、三焦。母气：产生谷气。 ⑱ 美疢(chèn)：疾病。囊橐(tuó)：口袋。 ⑲ 攻：指医治。 ⑳ 瀹(yuè)：疏散。钼：同“锄”，除去。蕴结：郁结。 ㉑ 蛊慝(gǔ tè)：灾害，指病害。归耗气：即“使耗气归”，补偿耗散的精气。 ㉒ 疾瘳(chōu)：病愈。 ㉓ 微其齐：指剂量要少一些。 ㉔ 以：而。饵(ěr)：吃。 ㉕ 信：信宿，此指两夜。 ㉖ 视分纤：能看到纤细的东西。 ㉗ 听察微：能听到微细的声音。 ㉘ 嗜(shì)：爱吃。粝(lì)：粗米，泛指粗糙食物。精：精米，泛指精良食物。 ㉙ 盍(hé)：何不。求：求取，此指服食。 ㉚ 泥(nì)：拘泥。通方：指已取得功效的药方。狃(niǔ)：贪。既效：已取得的疗效。 ㉛ 剿(chāo)说：窃取别人的言论为己说，此指别人的言论。 ㉜ 厥(jué)：其。肆：放纵。 ㉝ 岑岑(cén)：形容胀痛，烦闷。 ㉞ 痁(shān)：疟疾。 ㉟ 诸：“之于”的合音。 ㊱ 咤(zhà)：慨叹。 ㊲ 固：本来。夫子：尊称对方。 ㊳ 蠲(juān)：免除，解除。 ㊴ 滨：通“濒”。迫近，几至。殆(dài)：危险。 ㊵ 疹：通“疢”。病。

㊶ 易：交换。此指颠倒过来。踬（zhì）：跌倒。此指出问题。 ㊷ 循往以御变：沿用过去的一套来对待变化了的事物。御（yù）：驾御，控制。 ㊸ 节宣：节制和宣泄。 ㊹ 奚独：何只。吾侪（chái）：我们。

翻译

刘子闲居时患了病，吃精美的食物也不知道它的味美，血气都不畅通，身上热得像火烫一样。有位客人对我说："你患病了，病了已经有些日子了。现在我乡里有位方士，沦落行医，患癞病的人经他医治后肌肤健美，患足疾不能走动的人经他医治跑得很快，何况一般的病呢。我带你前去拜访他吧！"我觉得他说得对。到了医生那里，医生给我切了脉，观察了气色，听了我说话的声音，综合诊断之后说："你的病，是由于起居节制失调，衣食调剂不适而引起的。现在你的五脏不大能贮藏谷气，六腑又不大能产生谷气，只不过成了疾病的口袋罢了，我可以医治它。"于是拿出一粒药丸，约有方寸大小，交给我说："吃了这药就能疏散烦闷而消除郁结，去掉病害而补回耗失精气。但药里有毒，病好了就一定不能再吃，吃过了量就会伤和，所以用的剂量不能太多。"我拿了药回去服食，过了两天就腿部觉得轻松，麻木得到缓解；过了十天就奇痒消失，不用抓搔了；过了一个月就眼睛能够分辨细小的东西，耳朵能够听到微弱的声音，登高如走平路一样安稳，吃粗糙的食物如同吃精良的食物一样美味。有人听到我治好病来祝贺我，并诱劝我说:“你得到的这种药,近乎神效,确是很难遇上的。不过医生的常态,大多是在医术上留一手借以抬高自己,把病根留下以便多要钱财。你何不再多服食一些呢,这样得到的好处就会更大了。”我是一个糊涂的人,拘泥于原有的药方而贪图已得的疗效,怀疑医生的至诚而轻信别人的胡说,终于照那个人的话去做了。等到把药再吃五天以后,药的毒性果然发作了,全身胀痛,好像疟疾发作一样。这时我才恍然大悟地跑去找医生,医生十分慨叹地说:“我早就料到你还未弄通这个道理。”他便开了一些促和解毒的药给我,终于使我转危为安,过了几天再吃一些调和扶正的药,就慢慢恢复如初了。

刘子感慨地说:“医生真高明啊!用有毒性的药来治病,用调和扶正的药来安神,药用反了,就两方面都会出事,这道理是明白的。假如因循守旧地对待变化了的事物,不明白节制与宣泄的道理,又何止是我们这些小人物治病养身方面的弊病呢!”

叹牛

叹牛，意思是对牛的遭遇表示慨叹。本文写了一个老人用牛拉车运输以养活自己；牛跛了，他便把它卖给宰夫屠杀。老人自称："昔之厚其生，非爱之也，利其力。今之致其死，非恶之也，利其财。"说明"所求尽矣，所利移矣"。文章末尾由牛及人，写了伍员、李斯、白起、韩信的悲惨结局，抒发了"鸟尽弓藏"、"兔死狗烹"的感慨。

刘子行其野，有叟牵跛牛于蹊[1]。偶问焉："何形之瑰欤[2]？何足之病欤？今觳觫然将安之欤[3]？"叟揽縻而对云[4]："瑰其形，饭之至也。病其足，役之过也。请为君毕词焉。我僦车以自给[5]。尝驱是牛引千钧[6]，北登太行[7]，南至商岭[8]。掣以回之[9]，叱以耸之[10]。虽涉淖跻高[11]，毂如蓬而辀不偾[12]。及今废矣，顾其足虽伤而肤尚腯[13]，以畜豢之则无用[14]，以庖视之则有赢[15]。伊禁焉莫敢尸也[16]。甫闻邦君飨士[17]，卜刚日矣[18]。是往也，当要售于宰夫[19]。"余尸之曰[20]："以叟言之则利，以牛言之则悲。若之何？予方

窭[21]，且无长物[22]，愿解裘以赎[23]，将置之丰草之乡，可乎？”叟輾然而咍曰[24]：“我之沽是，屈指计其直可以持醪而啮肥[25]，饴子而衣妻[26]，若是之逸也[27]，奚事裘为[28]？且昔之厚其生，非爱之也，利其力。今之致其死，非恶之也[29]，利其财。子恶乎落吾事[30]？”

刘子度是叟不可用词屈[31]，乃以杖扣牛角而叹曰：“所求尽矣，所利移矣。是以员能霸吴属镂赐[32]，斯既帝秦五刑具[33]，长平威振杜邮死[34]，垓下敌擒钟室诛[35]。皆用尽身贱，功成祸归，可不悲哉！可不悲哉！呜呼！执不匮之用而应夫无方[36]，使时宜之，莫吾害也。苟拘于行器[37]，用极则忧，明矣。”

---

① 跛(bǒ)：指腿脚有毛病。蹊(xī)：小路。 ② 瑰(guī)：奇伟。 ③ 觳觫(hú sù)：恐惧发抖。之：去，往。 ④ 縻(mí)：牛缰绳。 ⑤ 僦(jiù)：运输。 ⑥ 钧：古代以三十斤为一钧。千钧：极言其重。 ⑦ 太行：山名，在今山西高原与河北平原间。上有太行八陉，为东西交通要道。 ⑧ 商岭：即商山，在陕西商县东南。 ⑨ 掣(chè)：牵引，拽。 ⑩ 耸：耸立，此指攀登高处。 ⑪ 淖(nào)：泥沼。跻(jī)：登，升。 ⑫ 毂(gǔ)：车轮中心，有窟窿可以插轴的部分。此指

牛车。辀(zhōu):车辕,车前驾牲畜的部分。偾(fèn):仆倒。⑬ 肤:皮肤,此指肌肉。腯(tú):肥壮。 ⑭ 豢(huàn):喂养牲畜。⑮ 庖(páo):厨房。 ⑯ 伊:语助词。禁:禁令。唐朝时禁止私自宰牛。尸:死尸。此处用作动词,宰杀。 ⑰ 甫:初,刚。邦君:地方长官,指刺史。飨(xiǎng)士:宴请宾客。 ⑱ 卜:选择。刚日:即单日。指十日中的一、三、五、七、九日。 ⑲ 宰夫:掌管膳食的小吏,指厨夫。 ⑳ 尸:劝止。 ㉑ 窭(jù):贫而简陋。 ㉒ 长(zhàng)物:剩余之物。 ㉓ 裘:皮衣。 ㉔ 辴(chǎn)然:微笑。咍(hāi):嗤笑。 ㉕ 直:同"值"。醪(láo):浊酒。啮(niè):咬。 ㉖ 饴(sì)子:让孩子有饭吃。衣(yì)妻:让妻子有衣服穿。 ㉗ 逸:释放。㉘ 奚(xī):何。 ㉙ 恶(wù):憎恨。 ㉚ 恶(wū):怎,何。落:耽误,妨碍。 ㉛ 度(duó):考虑,估计。 ㉜ 是以:因此。员:伍员,字子胥。春秋时吴国大夫,曾助吴国称霸,后被吴王夫差赐剑自尽。属镂:宝剑名。 ㉝ 斯:李斯。秦代政治家,助秦始皇统一六国称帝。始皇死后,为赵高所忌,受五刑而死。五刑:五种轻重不等的刑法,此指极刑。 ㉞ 长平:古城名。故址在今山西高平西北。秦国名将白起大破赵军,坑杀四十万赵国降卒于此。杜邮:古地名。在今陕西咸阳东。白起被秦昭王迫令自杀于此。 ㉟ 垓(gāi)下:古地名。在今安徽灵璧南沱河北岸。汉初名将韩信指挥汉军在此击败项羽。钟室:汉代长乐宫悬钟之室。韩信被吕后诛杀于此。㊱ 不匮(guì):不尽。 ㊲ 拘:拘泥。形器:指有具体形态的器具。

翻译

刘子在郊野闲行，看到一个老人牵着一头跛牛在小路上走。他随口问老人道："这头牛为什么这样壮伟呢？它的脚又为什么跛了呢？现在它战战抖抖地又将到哪里呢？"老人拿着牛缰绳回答说："牛的形体壮伟，是喂养的结果。它的脚跛了，是因为过分役使而造成的。请让我为你把话说完吧。我是靠拉车运输以自给的。曾经驱赶这头牛拉着千钧重的东西，北上太行山，南到商岭。有时牵引它绕道跑，有时叱令它往高处攀。虽然涉泥沼登高山，牛车抖动得像蓬草一样也依然不倒。现在牛残废了，看它的脚虽跛而肌肉肥壮，把它当牲畜来豢养，已全然无用，把它看作是厨房里的肉则还有些益处。但朝廷禁止私人宰牛，所以我不敢屠宰它。刚听说本地长官要设宴招待客人，已经选好在单日进行。我现在去，就是把牛卖给厨夫。"我劝止他说："从你这方面来说是有利，从牛那方面来说就可悲了。怎么办呢？我现正贫困，又没有多余的东西，愿解下身上的皮衣来赎这头牛，然后把它放到多草的地方，可以吗？"老人笑着讥讽我说："我卖掉这头牛，屈指计算它的价值可以供我饮酒和食肉，养子女而给妻子衣服，如果这样放了它，我要这皮衣有什么用呢？况且我从前很好地喂养它，并不是爱惜它，而是因为它的力气对我有利。现在送它去死，也不是憎恶它，而是因为得到钱财对我有利。你为什么要来妨碍我的事呢?”

刘子考虑这个老人不可能用言词来说服,就以杖叩击牛角而叹息道:“所求取的取尽了,利害就转移了。因此伍员使吴国称霸却被赐属镂自尽,李斯让秦王称帝却受极刑,白起威振长平却在杜邮被杀,韩信在垓下擒敌却于钟室被诛。都是使用完了身价就贱了,大功告成灾祸就随之而至,这能不悲哀吗!能不悲哀吗!唉!具有无穷的作为却应变无方,假使及时掌握时势,是没有人能祸害我们的。假如被具体形态的器具所束缚,这器具被用到头忧患就来了,这道理是十分明白的。”

儆舟

儆舟，是说以行船的经验教训作为警戒。本文通过自己的一次行船，没有在危险的地方出事，却在一个安稳的地方遇难，说明提高警惕，可以转危为安；麻痹大意，就会变安为危。危险与祸害，“往往不生于所畏而生于所易”，安与危是可以互相转化的。儆（jǐng）：警戒。

刘子浮于汴[1]，涉淮而东，亦既释绋缅[2]，榜人告余曰[3]：“方今湍悍而舟盬[4]，宜谨其具以虞焉[5]。”予闻言若厉[6]。由是袽以窒之[7]，灰以墐之[8]，鬷以干之[9]。仆怠而躬行[10]，夕惕而昼勤，景霾晶而莫进[11]，风异响而遄止[12]。兢兢然累辰[13]，是用获济[14]。偃樯弭棹[15]，次于淮阴[16]。于是舟之工咸沛然自暇自逸[17]，或游肆而觞矣[18]，或拊桥而歌矣[19]，隶也休役以高寝矣[20]，吾曹无虞以宴息矣[21]。逮夜分而窾隙潜澍[22]，涣然阴溃，至乎淹箦濡荐[23]，方卒愕传呼[24]，跣跳登墟[25]，仅以身脱。目未及瞬，而楼倾轴垫[26]，抵于泥沙，力莫能支也。

刘子缺然自视而言曰[27]："向予兢惕也[28]，汩洪涟而无害[29]；今予宴安也[30]，蹈常流而致危。畏之途果无常在哉！不生于所畏而生于所易也。是以越子膝行吴君忽[31]，晋宣尸居魏臣怠[32]，白公厉剑子西哂[33]，李园养士春申易[34]，至于覆国夷族，可不儆哉！呜呼！祸福之胚胎也[35]，其动甚微；倚伏之矛盾也[36]，其理甚明。困而后儆，斯弗及已。"

---

① 汴(biàn)：即汴河，古水名。唐时故道在今河南荥阳附近，经东南流入淮河。② 亦：语助词，用于句首。绋缅(fú lí)：系船的大缆绳。③ 榜人：摇船的人，即船夫。④ 湍(tuān)悍：水流急促猛烈。盬(gǔ)：不坚牢。⑤ 虞(yú)：预防。⑥ 若厉：这样危险。⑦ 袽(rú)：旧絮，破布。窒(zhì)：堵塞。袽以窒之，即"以袽窒之"。下二句句式与此相同。⑧ 墐(jìn)：涂塞。⑨ 斞(jū)：舀水器，此指舀水。⑩ 躬行：亲自去做。⑪ 景霾晶：指日光不亮，天色昏暗。景，日光。霾(mái)，通"埋"。晶，光亮。⑫ 遄(chuán)：速。⑬ 兢兢然：小心谨慎貌。辰：时辰，泛指时间。⑭ 是用：即是以，"因此"之意。济：渡过。⑮ 偃(yǎn)：放倒。弭(mǐ)：止。⑯ 次：停泊。淮阴：郡名，治所在今江苏淮安。⑰ 咸：都。沛然：形容充分。暇：闲暇。逸：安逸。⑱ 肆：市肆，市中店铺。觞(shāng)：酒器。这里指喝酒。⑲ 拊(fǔ)：拍。⑳ 隶：指仆人。

㉑ 吾曹：我们。虞：忧虑，戒备。宴息：安逸地歇息。 ㉒ 逮：到。窾（kuǎn）：空处。澍（zhù）：通“注”。注入。 ㉓ 箦（zé）：竹席。濡（rú）：沾湿。荐：草垫。 ㉔ 方：才。卒：同“猝”，仓促，突然。 ㉕ 跣（xiǎn）：赤脚。墟：土丘。此指岸上高地。 ㉖ 楼：船楼，指船之顶部。轴（zhú）：船尾插舵之处。垫：下沉。 ㉗ 缺然：若有所失。 ㉘ 向：从前。 ㉙ 汩（yù）：疾速航行。洪涟：浩大的流水。 ㉚ 宴安：安逸。指放松警惕。 ㉛ 越子膝行吴君忽：春秋末期，越王勾践被吴王夫差打败，勾践对夫差叩首膝行，表示恭顺。夫差麻痹大意，丧失警惕，终被勾践所灭。忽：疏忽大意。 ㉜ 晋宣尸居魏臣怠：三国后期，魏国太傅司马懿与大将军曹爽争权，司马懿装病卧床不起，以迷惑曹爽。曹爽受骗，放松警惕，毫不提防，终被司马懿伺机夺了军权，随后被杀。晋宣：指司马懿，司马炎建立晋朝后，追谥其祖父司马懿为宣皇帝。尸居：像尸一样静止，比喻沉默无为。此指司马懿装病卧床。魏臣：指曹爽。 ㉝ 白公厉剑子西哂：春秋末期，楚国太子建之子白公胜怨恨令尹子西，终日磨剑，准备杀死他。子西得知此事，毫不在意，反讥笑白公胜自不量力。四年后，子西终被白公胜杀死。厉：同“砺”，磨的意思。哂（shěn）：讥笑。 ㉞ 李园养士春申易：战国时，楚国李园把妹妹送给贵族春申君为妾，怀孕后，又送给楚考烈王。后来生下一子，立为太子。李园妹做了王后，李园也因此受到重用。李园怕春申君泄密，暗中豢养武士，准备刺死春申君灭口。春申君得知此事，认为李园软弱无能，全不防备，终被李园派人刺死。易：轻视，忽略。 ㉟ 胚胎：指萌芽阶段。 ㊱ 倚伏：指事物的互相依存与互相转化。

翻译

刘子在汴河上航行，经淮河转向东去。当解开船缆之后，船夫告诉我说："现在水流湍急而船不坚牢，应该谨慎地检查船上的情况以预防出事。"我听船夫说得如此危险，于是用破布旧絮堵塞住船的缝隙，用泥灰把它涂塞严实，并把船中的积水舀干。仆人懈怠我就亲自去做，晚上加强警惕而白天努力行驶，天色昏暗就不再前进，风色有变就立即停泊。这样小心谨慎地走了一段日子，终于得以安全到达目的地。于是放下桅杆，停住船桨，泊在淮阴。这时，船夫们都自由自在地去休息和玩乐，有的到市中店铺去喝酒，有的拍着桥栏杆唱歌，仆人也停下工作来高枕而卧，我们无忧无虑地安然歇息了。到了半夜，水从缝隙中暗暗地渗入来，堵塞隙洞的东西不知不觉地被冲散，直到竹席和草垫都被浸湿了，人们才突然惊慌地互相呼叫，赤着脚跳到岸上，只来得及逃得性命。眼睛还没有眨一眨，而船顶倾侧了，船尾下沉了，陷入泥沙里，再也无力能够支撑得住了。

刘子若有所失地自言自语说："先前我小心谨慎，在大水中疾速航行也没有出事；现在我愉快安逸，却在平静的流水中也招致祸害。危险的地方果真没有固定的场所啊！它往往不发生在令人畏惧的地方，而发生在令人忽略的地方。因此，越王勾践叩首膝行使得吴王夫差失去警惕，司马懿卧床装病使得曹爽麻痹松懈，白公胜磨剑而子西一笑置之，李园豢养武士而春申君却毫不防备，他们最终都招致了亡国灭族的惨祸，这能不警戒吗！唉！祸福在萌芽阶段时，它的变化是很微小的；祸福依存转化的矛盾，它的道理是十分明白的。陷于困境时才引起警惕，那就来不及了。”

天论(上)

柳宗元(子厚)与韩愈(退之)曾就天人关系的问题,进行了一场哲学论战。刘禹锡写成《天论》三篇,对柳宗元的唯物主义观点表示策应和支持。这里选译的是上篇。文中首先肯定天的物质性,然后指出天(自然界)与人(人类社会)各有自己的职能,彼此之间是“交相胜”的关系。天的职能是生万物,人的职能是治万物;人之所以能治万物,靠的是法制。于是文章进一步从“法大行”、“法小弛”、“法大弛”三种情况,来分析“天命论”产生的社会根源,指出“人道明”,法制畅行,就不会产生“天命论”;“人道昧”,法制废弛,就必然产生“天命论”。这种观点,在当时来说,是十分积极和进步的,对破除天命迷信,具有重要的意义。

世之言天者二道焉[①]。拘于昭昭者则曰[②]:“天与人实影响[③]:祸必以罪降,福必以善来,穷厄而呼必可闻,隐痛而祈必可答,如有物的然以宰者[④]。”故阴骘之说胜焉[⑤]。泥于冥冥者则曰[⑥]:“天与人实剌异[⑦]:霆震于畜木,未尝在罪;春滋

乎堇荼[8]，未尝择善。跖、蹻焉而遂[9]，孔、颜焉而厄[10]，是茫乎无有宰者[11]。”故自然之说胜焉[12]。余之友河东解人柳子厚作《天说》[13]，以折韩退之之言[14]，文信美矣[15]，盖有激而云[16]，非所以尽天人之际[17]，故余作《天论》以极其辩云[18]。

大凡入形器者[19]，皆有能有不能。天，有形之大者也；人，动物之尤者也[20]。天之能，人固不能也；人之能，天亦有所不能也。故余曰：天与人交相胜耳。其说曰：天之道在生植[21]，其用在强弱[22]；人之道在法制，其用在是非[23]。阳而阜生[24]，阴而肃杀[25]；水火伤物，木坚金利；壮而武健，老而耗眊[26]；气雄相君[27]，力雄相长：天之能也。阳而艺树[28]，阴而揪敛[29]；防害用濡[30]，禁焚用光[31]；斩材窾坚[32]，液矿硎铓[33]；义制强讦[34]，礼分长幼；右贤尚功[35]，建极闲邪[36]：人之能也。

人能胜乎天者，法也。法大行，则是为公是[37]，非为公非。天下之人蹈道必赏[38]，违之必罚。当其赏，虽三旃之贵[39]、万钟之禄处之[40]，咸曰宜[41]。何也？为善而然也[42]。当其罚，虽族属之夷[43]、刀锯之惨处之，咸曰宜。何也？为恶而然也。故其人曰：“天何预乃事邪[44]？唯告虔报本[45]、肆类授时之礼[46]，曰天而已矣。福兮可以善取[47]，祸兮可以恶召，奚预乎天邪[48]？”

法小弛[49]，则是非驳[50]，赏不必尽善，罚不必尽恶。或贤而尊显[51]，时以不肖参焉[52]；或过而僇辱[53]，时以不辜参焉[54]。故其人曰：“彼宜然而信然[55]，理也[56]。彼不当然而固然[57]，岂理邪？天也。”福或可以诈取[58]，而祸亦可以苟免[59]。人道驳[60]，故天命之说亦驳焉。

法大弛，则是非易位[61]，赏恒在佞而罚恒在直[62]，义不足以制其强，刑不足以胜其非，人之能胜天之实尽丧矣[63]。夫实已丧而名徒存，彼昧者方挈挈然提无实之名[64]，欲抗乎言天者，斯数穷矣[65]。

故曰，天之所能者，生万物也；人之所能者，治万物也。法大行，则其人曰：“天何预人邪？我蹈道而已。”法大弛，则其人曰：“道竟何为邪？任天而已。”法小弛，则天人之论驳焉。今以一己之穷通，而欲质天之有无[66]，惑矣！余曰，天恒执其所能以临乎下[67]，非有预乎治乱云尔[68]；人恒执其所能以仰乎天，非有预乎寒暑云尔。生乎治者人道明，咸知其所自[69]，故德与怨不归乎天。生乎乱者人道昧，不可知，故由人者举归乎天[70]。非天预乎人尔！

---

① 二道：两种观点。 ② 拘：拘泥，固执。此指坚持。昭昭：明白，清楚。指天有意志。 ③ 影响：指影之随形，声之应响，喻天人间的主从关系。 ④ 的然：确实。宰：主宰。 ⑤ 阴骘之说：指古代一种认为天有意志，能主宰世间万物的唯心主义学说。阴，暗中。骘(zhì)，决定。语出《尚书·洪范》："维天阴骘下民。"胜：指盛行。 ⑥ 泥：拘泥，固执，指坚持。冥冥：昏暗。指天无意志。 ⑦ 剌(là)异：违逆相异。 ⑧ 堇荼：指有毒和难吃的植物。堇(jìn)，一种有毒的药草，俗称乌头。荼(tú)，一种苦菜。 ⑨ 跖、蹻(zhí qiāo)：柳下跖与庄蹻。春秋战国时的人民起义领袖，在古代被污蔑为大盗。遂：顺利。 ⑩ 孔、颜：孔丘与颜回。 ⑪ 茫乎：茫然。 ⑫ 自然之说：指古代一种认为天是自然物质的唯物主义学说。 ⑬ 河东解(xiè)人：今山西永济人。 ⑭ 折：批驳。 ⑮ 信：确实。 ⑯ 云：言，说。 ⑰ 际：关系。 ⑱ 极：尽，透。云：语末助词。 ⑲ 形器：有形状的物体。 ⑳ 尤：最突出，最优秀。 ㉑ 道：指职能。 ㉒ 用：作用。强弱：指使之强弱。意谓使万物在一定的时候健壮或者衰亡。 ㉓ 是非：指判别是非。 ㉔ 阳：温暖，指春夏季节。阜(fù)生：茂盛地生长。 ㉕ 阴：寒冷，指秋冬季节。 ㉖ 耗眊(mào)：身体耗损，眼睛昏花。 ㉗ 气：气质，指天赋品质才能。相(xiàng)君：相，辅助。君，指帝王，就国家而言。下句的"长"，指长者，就家族而言。 ㉘ 艺树：种植。 ㉙ 揪敛：收聚，指收获与贮

藏。 ㉚ 害：灾害，此指水灾。濡（rú）：沾湿，此指灌溉。 ㉛ 焚：焚烧，此指火灾。光：指火光。 ㉜ 窾（kuǎn）坚：把木材制作成坚实的器具。窾：挖空。此指制作加工。 ㉝ 液：熔化成液体，指冶炼。矿：指金属矿石。硎（xíng）：磨刀石，指磨制。铓（máng）：刀剑等的尖锋，此指刀剑等利器。 ㉞ 讦（jié）：攻击别人短处或揭发别人阴私。指恶意攻击。 ㉟ 右：古人以右为尊，此指尊重。尚：崇尚。㊱ 极：准则。闲：防止。 ㊲ 公：公认的。 ㊳ 蹈道：指遵循法制。㊴ 三旌（jīng）：即三公，指崇高的官位。 ㊵ 万钟：指优厚的俸禄。钟，古代量器名，一钟相当于六十四斗。处：对待，安排。 ㊶ 咸：都。宜：适当，应该。 ㊷ 然：这样。 ㊸ 族属之夷：指受到诛灭九族的刑罚。夷，灭。 ㊹ 预：干预。乃：这，这些。邪：同“耶”。㊺ 告虔报本：虔诚地祭天，报答天的恩德。虔（qián）：恭敬。本：根本，指天。 ㊻ 肆类：即告类。指皇帝即位时所举行的特殊祭天仪式。授时：指颁布历书，把天时告诉人们。 ㊼ 以：因。 ㊽ 奚：何。㊾ 弛：松弛。 ㊿ 驳：驳杂，混乱。 51 或：有的。 52 不肖：不贤。参：（sǎn）：掺杂。通“掺”。 53 过：过错，罪过。僇（lù）：通“戮”。杀戮。 54 不辜：无辜，无罪。 55 宜然：应当这样。信然：确实这样。56 理：合理，有理。 57 固然：坚持这样。 58 或：有时。 59 苟免：苟且求免。 60 人道：指法制。 61 易：交换，此指颠倒。62 恒：常。佞（nìng）：巧言谄媚，指奸佞的人。直：指正直的人。63 实：指法制的实质。 64 昧者：愚昧的人。挈挈（qiè）然：孤零零的样子。 65 斯：这。数：指办法，本领。 66 穷通：困厄与顺利，指人的遭遇好坏。质：证明。 67 执：以，用。下：指人世间。 68 云尔：语末助词。 69 自：由来。 70 举：全，都。

翻译

世上谈论天的有两种观点。坚持认为天有意志、能明白一切的人就说:“天与人确实像影之随形、声之应响一样,灾祸必定是因为人有罪而降临,福禄必定是因为人行善而赐给。有困苦而向天呼唤,天必定能听到;有隐痛而向天祈求,天也必定能够回答;就像有个物体确确实实在那里主宰着一切似的。”所以,认为天在暗中决定人的命运的说法就盛行了。坚持认为天无意志、是昏昧无知之物的人就说:“天与人确实是没有什么因果关系的。雷霆震击牲畜树木,未尝因为它们有罪过;春雨滋润毒草苦菜,未尝由于选择它们是好东西。柳下跖和庄蹻这样的强盗能够顺利行事,孔子和颜回这样的贤人却会屡遭困厄。这就说明天茫然无知,是不能主宰人间的一切的。”所以,认为天是自然物质的说法就盛行了。我的朋友河东解人柳子厚写了一篇《天说》,用来批驳韩退之关于“天”的说法,文章确实是写得很好的,大概是有所愤激而发的,并非详尽地论述天人之间的关系,因此我写作这篇《天论》,来透彻地说明其观点。

大凡有形状的物体,都有所能和有所不能。天,是有形物体中最大的;人,是动物中最高级的。天能做到的,人固然不能做到;人能做到的,天也有不能做到的。因此我说:天与人之间只不过是彼此取胜罢了。这种观点认为:天的职能在于使万物生长繁殖，它的作用在于使万物有强有弱；人的职能在于实行法制，它的作用在于判别是非。春夏温暖就万物繁生，秋冬寒冷就万物凋零；水火会毁伤物体，木材坚实而金属锋利；年壮的强健有力，年老的体弱眼花；气质雄伟的就辅助君王，力量雄大的就辅助长者：这就是天之所能了。春夏季节种植，秋冬时节收藏；既防止水灾又用水来灌溉，既制止火灾又用火光来照明；砍下木材加工成坚实的器物，冶炼矿石磨制成锋利的刀具；用正义来制止强暴和诽谤，用礼仪来区分尊卑长幼；尊重贤能崇尚功业，建立法规防止邪恶：这就是人之所能了。

人能够胜过天的，是法制。法制畅行，是就成为人们公认的是，非就成为人们公认的非。天下的人，遵循法制必然受赏，违反法制必然受罚。奖赏得当，即使以三公的高位、万钟的厚禄待他，大家都说应该。为什么呢？就因为他们做了好事而得到这样的奖赏。处罚得当，即使以灭族的惨祸、刀锯的酷刑待他，大家都说应该。为什么呢？就因为他们做了坏事而得到这样的惩罚。因此人们说："天怎么会干预这些人事呢？只有在平时虔诚地祭天，或在皇帝登位、颁布历书等特殊的祭天仪式中，才谈到天罢了。福可以因做好事而得到，祸可以因做坏事而召来，和天有什么相干呢？"

法制稍为松弛，是非就会混乱。获赏的不一定都是好的，受罚的也不一定都是坏的。有些贤能的人位尊名显，有时却有不贤的人混杂在里面；有些有罪的人受到杀戮和羞辱，有时却有无罪的人错杂在里面。所以人们说:“那些应该受到赏罚的人而确实受到了赏罚,这是合乎道理的。那些不该受到赏罚的人却也受到了赏罚,这难道是合乎道理的吗?这是天命。”福有时可以用奸诈的手段取得,祸有时也可以用不正当的手段求得赦免。人间法制混乱,因而关于天命之说也就混淆不清了。

法制完全废弛,就会是非颠倒。受赏的常常是奸佞的人而受罚的却往往是正直的人,正义不足以制服强暴,刑罚不足以制胜不义,人能胜天的具体条件,已经全部丧失了。在法制的实质已经丧失而只是徒有其名的情况下,那些愚昧的人还孤零零地拿着没有实质的法制空名,想对抗那些提倡天命论的人,这就一点办法都没有了。

所以说,天所能的,是生长万物;人所能的,是治理万物。法制畅行,那么人们就说:“天怎么能干预人事呢?我只是遵循法制罢了。”法制完全废弛,那么人们就说:“法制究竟有什么用呢?只好听天由命罢了。”法制稍为松弛,那么有关天人关系的议论就混杂不清了。现在想用个人遭遇的好坏来证明天命的有无,就糊涂了。我认为,天常常以它的所能来俯临世间万物,并没有干预社会的治乱;人常常以自己的所能来顺应天,并没有干预寒暑的变化。生于治世的人,由于法制畅行而是非分明,大家都知道它的来由,因此便不把恩怨归于天。生于乱世的人,由于法制废弛而是非不明,大家都不清楚它的来由,因此就把人为的祸福全归于天。并不是天在干预人事啊!

唐故尚书礼部员外郎柳君集纪

柳宗元临死前留下遗书，希望刘禹锡给他编纂遗稿。这篇纪文，就是刘禹锡将柳宗元的遗稿整理成集后所写的序言。“纪”一作“序”。文中先从文章与政治的关系写起，指出柳宗元的文章在当时就很受重视；然后概括介绍柳的生平，点出他的临终所托；末尾引用韩愈和皇甫湜的评价，充分肯定柳宗元在中国文学史上的重要地位。

八音与政通①，而文章与时高下②。三代之文，至战国而病③，涉秦、汉复起④。汉之文，至列国而病⑤，唐兴复起。夫政庞而土裂⑥，三光五岳之气分⑦，大音不完⑧，故必混一而后大振⑨。初，贞元中⑩，上方向文章⑪。昭回之光⑫，下饰万物⑬。天下文士，争执所长，与时而奋，粲焉如繁星丽天⑭。而芒寒色正⑮，人望而敬者，五行而已⑯。河东柳子厚，斯人望而敬者欤⑰！

子厚始以童子有奇名于贞元初⑱，至九年为名进士，十有九年为材御史⑲，二十有一年为文章称

首，入尚书为礼部员外郎[20]。是岁以疏隽少检获讪[21]，出牧邵州[22]，又谪佐永州[23]。居十年[24]，诏书征不用[25]，遂为柳州刺史，五岁不得召。病且革[26]，留书抵其友中山刘某曰[27]："我不幸，卒以谪死[28]，以遗草累故人。"某执书以泣[29]，遂编次为三十通[30]，行于世。

子厚之丧，昌黎韩退之志其墓[31]，且以书来吊曰[32]："哀哉若人之不淑[33]。吾尝评其文，雄深雅健似司马子长[34]，崔、蔡不足多也[35]。"安定皇甫湜于文章少所推让[36]，亦以退之之言为然[37]。凡子厚名氏与仕与年暨行己之大方[38]，有退之之志若祭文在[39]。今附于第一通之末云[40]。

---

① 八音：古代的八类乐器。此指音乐。 ② 时：时代。高下：盛衰变化。 ③ 三代：指夏、商、周三个朝代。病：患病，喻不足。 ④ 涉：经过。 ⑤ 列国：指五胡十六国时期。 ⑥ 庞：杂乱。土裂：指国家分裂。 ⑦ 三光：指日、月、星。五岳：泰山、华山、衡山、恒山、嵩山。气：元气。指构成宇宙万物的原始物质。 ⑧ 大音：天地间最伟大完美的音乐。 ⑨ 混一：混沌合一。振：兴起。 ⑩ 贞元：唐德宗的年号。 ⑪ 上：皇上，指唐德宗。向：向往，重视。 ⑫ 昭回：喻日月之光。 ⑬ 下饰：下照。 ⑭ 粲（càn）：鲜明，灿烂。

丽：附着。 ⑮ 芒寒色正：光芒逼人，色泽雅正。 ⑯ 五行：指金、木、水、火、土五星。 ⑰ 斯：这。 ⑱ 童子：未成年的人。 ⑲ 有(yòu)：通“又”。材御史：有才干的御史。 ⑳ 尚书：指尚书省。 ㉑ 是岁：这年。疏隽(jùn)：疏放俊逸，才智不凡。少检：缺少检点。获讪(shàn)：受到诽谤。 ㉒ 出牧：指出任刺史。邵州：治所在今湖南邵阳。 ㉓ 谪佐永州：指谪为永州司马。永州：在今湖南永州。 ㉔ 居：停留。 ㉕ 征：召集。 ㉖ 革(jí)：急，病危。 ㉗ 书：信。抵：抵达，指送到。中山刘某：刘禹锡自称是汉中山靖王刘胜后人，故称。 ㉘ 卒：终于。 ㉙ 某：刘禹锡自称。 ㉚ 编次：按次序编排。三十通：即三十卷。 ㉛ 昌黎：郡名，治所在今辽宁义县。是韩愈的郡望。韩愈字退之。志其墓：为他的墓作志。 ㉜ 吊：哀悼。 ㉝ 若人：此人。不淑：不幸。 ㉞ 雄深雅健：雄浑，精深，雅正，刚健。司马子长：司马迁，字子长。西汉文学家、史学家，著有《史记》。 ㉟ 崔、蔡：指崔骃(yīn)和蔡邕(yōng)，两人都是东汉文学家。多：胜过。 ㊱ 安定：郡名，治所在今甘肃泾川，是皇甫湜的郡望。皇甫湜(shí)：唐代文学家，从韩愈学古文，与柳宗元同时。少所推让：很少推崇别人。 ㊲ 然：是，对。 ㊳ 名氏：名姓家世。仕：指做官经历。年：年龄。暨(jì)：及。行己：行为、活动，指做人处世。大方：大略情况。 ㊴ 退之之志：指韩愈的《柳子厚墓志铭》。若：与。祭文：指韩愈的《祭柳子厚文》。 ㊵ 云：语末助词。

翻译

音乐与政治相通，文章随时势盛衰而起伏变化。夏、商、周三代的文章，到战国时出现病态，经过秦、汉得以复兴。汉代的文章，到十六国时期出现病态，唐朝建立时才又得以复兴。政治混乱，国家分裂，三光五岳的元气分散，天地间最伟大的音乐不完整，因此必须天地混沌合一，然后才能蓬勃振兴。当初，在贞元年间，皇上正重视文章。日月放射的光辉，照耀天下万物。天下的文人学士，争先恐后地以自己的所长，乘着当时风尚而奋起，光辉灿烂，如同繁星布满整个天空。而其中光芒逼人、色泽雅正，使人望而生敬的，只有金、木、水、火、土五星罢了。河东柳子厚，就是人们望而生敬的吧！

柳子厚在贞元初年就以童子而有奇名，到贞元九年成为有名的进士，贞元十九年做了有才干的御史，贞元二十一年，他的文章当时称为第一，进入尚书省做礼部员外郎。这一年，因才智不凡缺少检点而遭到诽谤，离京出任邵州刺史，随又贬为永州司马。耽了十年，下诏召回京城，但不被重用，于是出任柳州刺史，一连五年没有受到征召。在他病危时，留下一封信送给他的朋友中山刘禹锡，说："我遭逢不幸，终于在贬谪中死去，把这些遗稿来麻烦老朋友了！"我拿着信哭泣，便把他的遗稿按顺序编为三十卷，流行于世。

柳子厚死后，昌黎韩退之为他写了墓志铭，并寄了信来哀悼说："悲哀啊，这人如此不幸。我曾经评论过他的文章，雄深雅健很像司马迁，崔骃、蔡邕也不能胜过他。"安定皇甫湜很少推许别人的文章，也认为韩退之的话说得对。凡是有关柳子厚的姓名家世、官职、年龄及做人处世的大概情况，有韩退之写的墓志铭及祭文在。现在就把韩退之这两篇文章附在第一卷之后。

陋室铭

陋室，是狭窄简陋的居室。铭，是古代的一种文体。古代常刻铭于碑版或器物上，用以称颂功德，或申鉴戒之意。本文通过对一间简陋居室的描写，抒发作者不与世俗为伍，安于身居陋室的高尚情怀。文章以山水作比兴，引出陋室，接着写室中景、室中人、室中事，极有层次。末尾以诸葛庐与子云亭作衬托，引用孔子“何陋”之言，以隐“君子居之”四字在内，明白点出陋室的主人，正是一个“德馨”的君子。

山不在高，有仙则名；水不在深，有龙则灵。斯是陋室[①]，唯吾德馨[②]。苔痕上阶绿，草色入帘青。谈笑有鸿儒[③]，往来无白丁[④]。可以调素琴[⑤]，阅金经[⑥]。无丝竹之乱耳[⑦]，无案牍之劳形[⑧]。南阳诸葛庐[⑨]，西蜀子云亭[⑩]。孔子云：“何陋之有[⑪]？”

---

① 斯：这。 ② 唯：因。德馨（xīn）：德行芬芳高洁。 ③ 鸿儒：大儒，学识渊博的学者。 ④ 白丁：无官职的平民。此与“鸿儒”相对，

指没有文化教养的俗人。唐朝的服色，以柘黄为最高贵，红紫为上，蓝绿次之，黑褐最低，白色无地位。 ⑤ 素琴：指无弦无饰的琴，东晋陶渊明躬耕不仕，备素琴一张，无弦（见《晋书·陶潜传》）。⑥ 金经：用泥金书写的佛经。 ⑦ 丝竹：泛指乐器。 ⑧ 案牍（dú）：文书、公文之类。劳形：劳累体形。 ⑨ 南阳诸葛庐：指诸葛亮隐居的南阳草庐。 ⑩ 西蜀子云亭：指西汉文学家扬雄（字子云）在成都的旧宅。《汉书》说他"有宅一区"，也较简陋。世称"扬子宅"。此处因押韵关系而称"子云亭"。 ⑪ 何陋之有：即有何陋。《论语·子罕》："君子居之，何陋之有？"本文只用后句，而有前句的意思。

翻译

山不在于高大，只要有仙人居住便会出名；水不在于深广，只要有蛟龙栖息便显得有灵。这是一间如此简陋的居室，但因我的德行而充满芳馨。苔藓痕迹长上台阶，一片碧绿；草色透进竹帘，满目青翠。在这里谈笑的有大儒，与我来往的没有俗客。可以调拨无弦的素琴，可以阅读泥金的佛经。没有管弦声响扰乱耳朵，也没有官府文书劳累身体。这是南阳诸葛亮的草庐，西蜀扬雄的旧宅。孔子说过："这有什么简陋？"

砥石赋并序

此赋虽以砥石为题，所咏却兼及宝刀。赋中通过一把宝刀锈涩后经过磨砺而重新变得锋利一事，表达作者虽遭贬谪，却仍砥砺志节，保持壮心。他坚信有一天会像宝刀一样，磨去锈蚀，重露锋芒。

本文写于被贬朗州之时，作者期待朝廷有此砥石，使自己这把宝刀能得以重新发挥作用。砥（dǐ）石：磨刀石。赋：古代的一种文体。

南方气泄而雨淫①，地慝而伤物②。媪神噫湿③，渝色坏味④，虽金之坚，亦失恒性⑤。始余有佩刀甚良，至是涩不可拔⑥，剖其室乃出⑦。溯阳眇视⑧，傅刃蒙脊⑨，鳞然如痏痂⑩，如黑子⑪，如青蝇之恶⑫。锐气中锢⑬，犹人被病然⑭。客有闻焉，裹密石以遗予⑮。沃之草腴⑯，杂以鸟膏⑰，切劘下上⑱，真质焯见⑲。踌躇四顾⑳，逌尔谢客㉑：“微子之贻㉒，几丧吾宝㉓。”客曰：“吾闻诸梅福曰㉔：‘爵禄者㉕，天下之砥石也。高皇帝所以砺世磨钝㉖。’有是耶㉗！”余退感其言，作《砥石赋》。

我有利金兮[28]，以利为佩。遭土卑而匽作兮[29]，雄铓为之潜晦[30]。如景昏而蚀既兮[31]，与肌漆而为疠[32]。顾秋蓬之不可刜兮[33]，尚何游乎髋髀之外[34]？利物蒙蔽，材人惆怅。俾百汰之至精[35]，蟠一检而多恙[36]。岂害气之独然兮，将久不试而然！彼屠者之刃兮，猎者之鋋[37]。不灌不淬兮[38]，揉错衔铅[39]。日鼓月挥兮[40]，刲腴击鲜[41]。睨燿爕以耀芒[42]，翕淫夷而腾膻[43]。岂不涉暑而蒙沴兮[44]，鼎用之而成妍[45]。

有客自东，遗余越砥[46]。圭形石质[47]，苍色腻理[48]。划其鳞皴[49]，滑以滫瀡[50]。如衣浣垢，如鼎出否[51]。雾尽披天，萍开见水。拭寒焰以破眦[52]，击清音而振耳。故态复还，宝心再起[53]。既赋形而终用[54]，一蒙垢焉何耻？感利钝之有时兮[55]，寄雄心于瞪视[56]。

嗟乎！石以砥焉[57]，化钝为利；法以砥焉，化愚为智。武王得之[58]，商俗以厚[59]；高帝得之，杰才以凑[60]。得既有自[61]，失岂无因？汉氏以还，三光景分[62]。随道阔狭[63]，用之得人[64]。五百馀年，唐风始振[65]。悬此天砥[66]，以砻兆民[67]。播生在天[68]，成器在君[69]。天为物天[70]，君为人天[71]。安有执砺世之具而患乎无贤欤[72]！

① 气泄：湿气发散。雨淫：降雨过量。 ② 慝（tè）：阴气，指潮湿。③ 媪（ǎo）神：地神。指土地。噫（ài）湿：吐出湿气。 ④ 渝：变。⑤ 恒性：本性，固有的特性。 ⑥ 至是：到此。涩（sè）：不润滑。此指生锈。 ⑦ 室：指刀鞘。 ⑧ 溯（sù）阳：对着阳光。眇（miǎo）视：眯着眼细看。 ⑨ 傅刃蒙脊：附在刀口上，盖在刀背上。⑩ 鳞然：像鱼鳞似的。痏痂（wěi jiā）：疮疤。 ⑪ 黑子：黑痣。⑫ 恶：粪便。 ⑬ 锐气中锢：锋芒被掩盖了。锢（gù），禁锢，指封盖。 ⑭ 被（pī）病：害病。 ⑮ 裹：包。密石：光滑细密的磨石。遗（wèi）：赠送。 ⑯ 沃：浇洒。草腴（yú）：滑腻的草汁。 ⑰ 鸟膏：鸟类油脂。 ⑱ 切劘（mó）：磨砺。 ⑲ 真质：指佩刀原有的锋利本质。焯见（zhuō xiàn）：明显地呈现出来。 ⑳ 踌躇：得意的样子。㉑ 逌（yóu）尔：微笑。 ㉒ 微子之贻（yí）：如果没有你的赠送。㉓ 丧：丧失，失去。 ㉔ 梅福：经学家。汉寿春人，字子真。王莽专政时，弃家出走，传说做了神仙。 ㉕ 爵禄：爵位俸禄。 ㉖ 高皇帝：指汉高祖刘邦。以：用以，用作。砺世磨钝：治理国家，磨砺人材。 ㉗ 是：这，指利用爵禄砥砺世人。 ㉘ 利金：指锋利的佩刀。㉙ 土卑：地势低下。 ㉚ 雄铓（máng）：锐利的刀锋。潜晦：隐藏，消失。 ㉛ 景昏：阳光昏暗。蚀既：日全蚀之时。 ㉜ 与：如。肌漆而为疠（lì）：指皮肤中漆毒后长出恶疮。 ㉝ 蓬：蓬草。刜（fú）：砍伐。 ㉞ 游乎髋髀之外：用《庄子·养生主》“游刃有余”故事。游，游刃，用刀刃宰割牛羊。髋髀（kuān bì），大腿骨。髋髀之外，指腿骨

上的肉。这句是说，此刀不再能割肉。 ㉟ 俾(bǐ)：使。百汰：多次淘汰，喻千锤百炼。至精：极精美的东西，此指宝刀。 ㊱ 蟠一栓：指弃置不用。蟠(pán)，盘曲而伏。栓，指封存。恙(yàng)：疾病，伤害。 ㊲ 鋋(chán)：小矛。 ㊳ 灌：铸造。淬(cuì)：淬火。 ㊴ 揉错：搀杂。衔铅：指含有杂质。铅，泛指一般金属。 ㊵ 日鼓月挥：指经常使用。鼓、挥，指动刀矛宰杀牲畜野兽。 ㊶ 刲(kuī)腴：割取肥肉。击鲜：击杀活的动物。指打猎。 ㊷ 睨(nì)：斜眼看。燿爈(huò huò)：闪烁貌。指刀矛闪闪发亮。 ㊸ 蓊(wěng)：茂盛。淫夷：过多。腾膻(shān)：散发出腥臊气味。 ㊹ 蒙沴(lì)：蒙受恶气的侵蚀。沴，沴气，指湿气。 ㊺ 鼎：正。妍(yán)：美好。 ㊻ 越：指古越国，今东南沿海一带。 ㊼ 圭(guī)：古代玉制礼器。长条形，上端作三角状。 ㊽ 腻理：细致的纹理。 ㊾ 刬(chǎn)：铲除。鳞皴：指刀上的鳞状锈斑。皴(cūn)，皮肤冻裂。 ㊿ 滫瀡(xiǔ suǐ)：以淘米水淘洗使滑。 51 否(pǐ)：恶。此指秽恶之物。 52 破眦(zì)：指刀光刺眼。 53 宝心：指宝刀的锋芒。 54 赋：给予。此指恢复。 55 时：时运。指一定的机缘、条件。 56 瞪视：注目而视。 57 石以砥焉：即"以石砥焉"。砥，磨。下句"法以砥焉"，句式与此同。 58 武王：商朝的建立者。又称武汤、天乙、成汤。 59 厚：淳厚。 60 凑：施展才能。 61 自：因由。 62 三光景分：日、月、星分散。指天下分裂。 63 道：指法制。阔狭：指畅行或废弃。 64 得人：得到人才。 65 振(zhēn)：兴盛。 66 天砥：指法制。 67 砻(lóng)：磨。此指治理。兆民：指万民，极言其多。 68 播生：播植生长。指广生万物之意。 69 成器：成材。指培育人才。 70 天为物天：是说万物生长由天来决定。 71 君为人天：是说百姓的命运由皇帝主宰。 ⑫ 砺世之具：治国的工具，指法制。患：忧虑。

翻译

南方湿气散发而降雨过多，土地潮湿而损坏器物。土地神吐出湿气，使得物品变色坏味，虽是金属的坚固，也失去它一贯的本性。起初我有一把佩刀是很好的，到了此地就锈得无法拔出，后来剖开刀鞘才能取出。对着阳光眯眼细看，只见附在刀刃和刀背上的鳞状锈斑，像疮痂，像黑痣，像苍蝇屎似的。佩刀的锋芒全被遮盖了，就像人害了病一样。有一个客人听了这情况，包了一块细密的磨刀石给我。我在石上浇上滑腻的草汁，掺些鸟类的油脂，反复磨砺，佩刀原有的锋利本质就明显地呈现出来。我得意地四处看望，微笑地对客人说："如果没有你的赠送，就差点失去我这把宝刀！"客人说："我听说梅福曾说过：'爵位和俸禄，是治理天下的磨刀石。高皇帝就是用它来治理国家、磨砺人材的。'有这个道理吧！"我过后有感于他这番话，便写成这篇《砥石赋》。

我有把宝刀啊，因为它锋利而随身佩带。遇到地势低下而湿气侵蚀啊，锐利的刀锋就因此隐去。它像日光昏暗而太阳全蚀啊，跟皮肤中漆毒一样而长出恶疮。它连秋天的蓬草都不能砍断啊，它的锋刃哪里还能切割腿骨上的肉呢？锋利的宝刀被铁锈蒙盖，使得有才能的人感到惆怅。即使是经过多次锤炼的精品，弃置不用也会百病丛生。湿气哪里是毁坏宝刀的唯一因素啊，长久不用也是会这样的。那屠夫的刀啊，猎人的矛，没有灌铸没有淬火啊，含有杂质而不够精纯。它们天天操持月月挥舞啊，割宰肥肉刺击动物，看起来锋刃闪闪发亮，浓烈地散发出一股腥臊气味。难道它们没有经过暑夏季节而蒙受湿气的侵蚀吗，就因为它们经常使用才显得这样的美好。

有一个从东方来的客人，送给我一块越地的磨刀石。这磨刀石形状像圭而质地是石，颜色青苍，纹理细腻。我用它磨去刀上的鱼鳞状锈斑，再以淘米水淘洗使之润滑。就像衣服洗去污垢，鼎上除去秽物。又像浓雾散尽露出青天，浮萍荡开现出池水。这宝刀，擦一擦寒光刺眼，敲一敲清音振耳。恢复为原来的样子，重新露出锐利的锋芒。既然宝刀可以恢复原形而最终被人们所用，那么一时蒙上污垢又怎能算是耻辱呢？我深感刀的利钝变化有一定的时机啊，便把施展的雄心寄托在瞪眼注视时机。

啊！以磨刀石去磨刀，能够化钝为利；用法制来砥砺，能够化愚为智。武王得到它，商朝的风俗就变得淳厚；汉高祖得到它，杰出的才能就能施展。得到它既然是有缘由的，失去它难道就没有原因吗？自汉代以来，日月星辰的光辉分散。随着法制实行的好坏，运用法制使获得人才。五百多年后，唐朝兴盛，才又高悬起法制这磨刀石，来砥砺天下百姓。万物的生长在于天，人才的培育在于国君。天决定万物的生长，国君主宰着百姓的命运。哪里有执掌着法制这治国工具，还愁找不到贤才的呢！

中华文史名著精选精译精注（全民阅读版）已出书目

书　名	导读人	审阅人
贾谊集	徐超、王洲明	安平秋
司马相如集	费振刚、仇仲谦	安平秋
张衡集	张在义、张玉春、韩格平	刘仁清
三曹集	殷义祥	刘仁清
诸葛亮集	袁钟仁	董治安
阮籍集	倪其心	刘仁清
嵇康集	武秀成	倪其心
陶渊明集	谢先俊、王勋敏	平慧善
谢灵运鲍照集	刘心明	周勋初
庾信集	许逸民	安平秋
陈子昂集	王岚	周勋初、倪其心
孟浩然集	邓安生、孙佩君	马樟根
王维集	邓安生等	倪其心
高适岑参集	谢楚发	黄永年
李白集	詹锳等	章培恒
杜甫集	倪其心、吴鸥	黄永年
元稹白居易集	吴大逵、马秀娟	宗福邦
刘禹锡集	梁守中	倪其心
韩愈集	黄永年	李国祥
柳宗元集	王松龄、杨立扬	周勋初
李贺集	冯浩菲、徐传武	刘仁清
杜牧集	吴鸥	黄永年

续表

书　名	导读人	审阅人
李商隐集	陈永正	倪其心
欧阳修集	林冠群、周济夫	曾枣庄
曾巩集	祝尚书	曾枣庄
王安石集	马秀娟	刘烈茂、宗福邦
二程集	郭齐	曾枣庄
苏轼集	曾枣庄、曾弢	章培恒
黄庭坚集	朱安群等	倪其心
李清照集	平慧善	马樟根
陆游集	张永鑫、刘桂秋	黄葵
范成大杨万里集	朱德才、杨燕	董治安
朱熹集	黄珅	曾枣庄
辛弃疾集	杨忠	刘烈茂
文天祥集	邓碧清	曾枣庄
元好问集	郑力民	宗福邦
关汉卿集	黄仕忠	刘烈茂
萨都剌集	龙德寿	曾枣庄
王阳明集	吴格	章培恒
徐渭集	傅杰	许嘉璐、刘仁清
李贽集	陈蔚松、顾志华	李国祥、曾枣庄
公安三袁集	任巧珍	董治安
吴伟业集	黄永年、马雪芹	安平秋
黄宗羲集	平慧善、卢敦基	马樟根
顾炎武集	李永祜、郭成韬	刘烈茂
王士禛集	王小舒、陈广澧	黄永年
方苞姚鼐集	杨荣祥	安平秋
袁枚集	李灵年、李泽平	倪其心
龚自珍集	朱邦蔚、关道雄	周勋初